臺南作家作品集 第14輯

拾遺集

龔顯宗 著

市長序

綿延如溪，潤物無聲

臺南，一座歷經漫長歲月的城市，自歷史的洪流中沉澱出豐厚的人文氣息。從先民篳路藍縷、拓墾立業，到今日巷弄街市間依然可見的傳統風華，這裡的一磚一瓦、一草一木，皆蘊藏著故事，也孕育著靈感。臺南的文學，正是在這樣的土地上生根、抽芽、茁壯，代代相傳，生生不息。

今年「臺南作家作品集」第十四輯隆重出版，每一部作品都是作家心血的結晶，也像是城市脈動的縮影，凝聚了地方記憶與當代情感。自二〇一一年首度發行以來，「作品集」持續擴展與深化臺南的文學風景，也見證了書寫者與讀者之間溫暖的交流。

臺南文學的可貴之處在於兼容古今，包納多元。不論是書寫歷史歲月的悠遠回聲，還是描摹當下人們生活的細膩觸感，這些文字如同溪流，涓涓細潤，悄悄滋養著城市的靈魂。臺語與華語交織，散文、小說、劇本、評論並陳，正是這種豐富而自在的創作活力，使臺南文學在臺灣文學版圖上綻放獨特的光采。

長年以來，臺南市民之珍愛土地、歷史與文化素享盛名，作家亦以筆為橋，連結古今，將府城的光影、街巷的聲音、市井的喜怒哀樂，化作動人的篇章。他們的作品不僅記錄時代，也撫慰人心，讓人在文字間感受土地的溫度與城市的呼吸。

我始終相信，一座城市之所以動人，不僅在於它的建築與風景，更在於它蘊藏的故事，以及代代書寫這些故事的人。今日，「臺南作家作品集」第十四輯問世，正是這份城市記憶與精神的延續與祝福，我們藉此向過去致敬，也替未來播下希望的種子。

願「臺南作家作品集」第十四輯的六部作品如春雨潤物，於無聲之中滋養更多心靈；也願臺南文學如溪河，繼續綿延長流，在這一片文化的沃土上世代傳揚。

臺南市 市長

局長序

文學，讓城市發聲——在臺南的光與影中書寫時代

如果說一座城市的靈魂可以被看見，那一定是在她的文字裡。文學，總能在日常中挖掘出不尋常的閃光，在時間縫隙裡留下誠實的聲音。

對臺南來說，文學不是裝飾，而是與我們生活緊緊交織的氣息，是從廟埕到市場、從巷弄到書桌，一路延伸出來的生命紋理。

「臺南作家作品集」第十四輯，是對這份紋理新鮮且精彩的一次描繪。這一輯收錄六位作家的作品，不同的書寫語言，不同的創作形式，但都帶著同樣的熱度與真誠。他們筆下的臺南，或溫柔、或犀利、或懷舊、或實驗，無論題材或語感，都讓人讀來驚喜不斷。

我們看到龔顯宗教授回望知識旅程的沉穩與通透，看到蔡錦德以細膩幽默寫下臺南人情的光與影，也看到陳正雄、鄭清和、周志仁三位作家，讓臺語文學在小說中活蹦亂跳、不拘一格。陸昕慈則用劇場語言與歷史對話，創造出具當代意識的舞臺文本。這些作品證明，臺南的文學場域從來不是一條單線，而是如同城市本身，有著無數交錯豐富的可能。

這樣的多樣性，是臺南文學最迷人的地方。它既扎根於本土，也敢於張望世界；既珍惜語言的脈絡，也不害怕形式的突破。在這些作品中，我們聽見臺語的節奏、看見歷史的縫隙，也遇見過去不曾想像的臺南——不只是古老的，也可以是摩登、甚至前衛的。

文化局推動「臺南作家作品集」，不是為了將文學「典藏」，而是希望讓它成為流動的能量，走進書店、進入學校、走進社區，在各種日常中被閱讀、被討論、被喜歡。我們更期待，它能激起更多創作者投入文字的創造，讓寫作成為臺南文化生命的日常運動。

讓文學繼續發聲，讓臺南被更多人看見、讀懂。這是一座城市送給自己的情書，也是一場永不止息的文化行動。

臺南市政府文化局 局長
黃雅玲

主編序
文學長河

王建國・臺南大學國語文學系教授

臺南，向來是臺灣文學與文化的首善之地：人文薈萃，作家輩出；老幹新枝，生生不息；古往今來早已匯聚成一道文學長河。夏日午後，豔陽高照，文化局召開臺南作家作品集編輯會議，巧合的是，七月十六日，也是一個很有歷史性及紀念性的日子：一九二〇年的這一天，《臺灣青年》雜誌在東京正式發行，後來即便迭經不同經營形態及更名：《臺灣》、《臺灣民報》（半月刊、旬刊、週刊）、《臺灣新民報》（週刊、日刊）……，都是當時臺灣文學與文化的重要園地，而本年度「臺南作家作品集」，繼往開來，也將成為臺南文學長河中，一道波光瀲灩的美麗風景。

本屆「臺南作家作品集」推薦與徵選作品共計九冊，一致獲得評審委員肯定與青睞，只是，受限於結集冊數，不免有所割捨，最後在評審委員一一表達意見及充分交流後，極具共識地——異口同音！——選出推薦作品：《拾遺集》與徵集作品：《每個晨讀都是簡樸的邀請》、《毋-捌-ê》、《再來一杯米酒》、《司馬遷凝目注視》、《拾萃》共六冊；深具文類（含括：散文、小說、劇本、評論）及語體（中文與臺語）的代表性與多元性。

龔顯宗先生《拾遺集》：龔教授集作家與學者於一身，出入古今，著作極為豐厚而多元，同時也是臺南文學與文化重要推手，曾獲第十三屆府城文學特殊貢獻獎。〈自序〉稱述學思歷程及說明各文來源，同時有得意門生許惠玟研究員對其學術之詳實評介，內容主要分成三卷及附錄，收錄早年罕見的文藝創作與學術研究彙編（沈光文的相關研究、梳理《池上草堂筆記》、〈西灣語萃〉選錄經典人生話語集錦並附上個人解析……）、出國講學、首屆世界漢學會議紀實等珍貴成果，見證其從文藝青年一路走來，成為桃李滿天下、卓然有成的學者專家；而不論其角色身分如何轉變，始終鍾情於文字、文學與學術。

蔡錦德先生《每個晨讀都是簡樸的邀請》：當中篇章多為副刊發表之作，質量均佳。內容分「寶島家園」、「心儀人物」與「海外旅情」三輯，係對個人生活周遭人、事、物（包括：文學經典的反芻、旅遊名勝的感懷、人類文明的思索……）的諸多體驗、觀照與省思，閱讀廣泛，且閱歷豐厚，整體而言，文筆流暢、雋永可讀，加以內容幽默詼諧、溫馨真摯，可謂現代小品文。

陳正雄先生《毋-捌--ê》：共收錄十篇臺語小說，包含三篇文學獎得獎作品。內容多取材個人成長經驗及鄉里故事，具個人傳記暨家族敘寫之意義，同時呈現一定地方色彩，語言流暢，故事動人。

鄭清和先生《再來一杯米酒》：題材內容質樸，或「寫市井小民生活的悲苦與無奈」，或「寫女性，為苦命的女性發聲」，多呈現臺灣早年生活經驗，作者擅長敘寫鄉里小人物的情感及生活點滴，其中，〈無垠的黑〉以華語為主調，間亦融入生活化臺語語彙，情節緊湊，可讀性高。

周志仁先生《司馬遷凝目注視》：內容分甲編：「眾生的年輪」與乙編：「回歸質樸的所在——鄉土篇」，為歷來獲獎暨刊登作品之結集。小說技巧純熟，行文敘寫及創作內容，多帶有《莊子》、《金瓶梅》、唐傳奇……等古典文學色彩，且能從中翻出新意。〈司馬遷凝目注視〉猶如一闋臺灣史詩，與臺南也有深厚地緣關係，就題旨而言，作者或有意以史家之眼、之筆，鳥瞰與書寫臺灣歷史發展。

陸昕慈女史《拾萃》：主要收錄曾獲文化局及國藝會委託或補助之六部轉譯／改編臺南歷史文化劇本（含三部布袋戲劇本），並於二〇一五至二〇二三年間實際演出，題材內容多元，裨益地方文化發展，尤其，此間搭配作品影音連結（QR Code），更有助於案頭戲與舞臺演出之相得益彰。

去年，「臺南四〇〇」在大街小巷熱鬧展開，當時結集成冊，正好躬逢其盛趕上這波文化熱潮，而今年付梓面世則又恰逢「府城城垣三〇〇年」；其實，不論四百年抑或三百年——不能不說，也不得不說，臺南文化確實底蘊豐厚——這次出版各冊作品裡面也富含其元素，有興趣的讀者，不妨隨著作品裡的文字細細尋覓，相信定當有所收穫，而亞里士多德（Aristotle，三八四 B.C. 至三二二 B.C.）稱「詩（文學）比歷史更真實」，說不定也能從中發現更具本質與意義的內涵，同時享受閱讀與思考帶來的諸多樂趣。

從創作之路到研究之路

——龔顯宗教授學術評介

許惠玟．國立臺灣文學館研究員

龔顯宗（一九四三－）臺灣嘉義朴子人。他曾在小學服務三年，後考上中國文化大學，一九六九年執教六嘉國中、一九七〇年進入政大中文所，一九七三至一九九一年在臺南大學（前身為臺南師專、臺南師院）任教，同時兼修博士學位，自一九八〇年起陸續在靜宜、高師、中興等大學兼課。一九八七年臺南師專改制為臺南師範學院，奉命創設語文教育學系，龔顯宗任系主任多年，後於一九九一年至中山大學任教，一九九七至一九九八年曾赴香港新亞研究所講學。

龔顯宗獲獎甚多：一九七七年獲「中國文化大學傑出校友獎」，一九八七年獲「教育廳研究甲等獎」，一九八八年獲「教育廳研究優等獎」和「國科會甲等獎助」，一九九四年獲「教育部語言研究獎」，一九九八年獲「中興文藝文學評論獎」及「中山大學研究績優獎」，二〇〇七年十二月同時獲得「第十三屆府城文學特殊貢獻獎」及「朴子國小一百一十周年傑出校友獎」，並曾入選《中華民國名人錄》、《亞洲名人錄》。二〇〇九年自中山大學退休，並於該年由學生自發性組成「龔生會」，以每月一次小型讀書會，每年一次學生聚會的形式，聯繫龔教授與學生以及學生與學生間的感情，形成相當緊密的師生網絡。

啟迪：家學淵源與師承

龔顯宗的舅公為日治時期重要詩人林友笛，詩作甚豐。龔教授的祖母亦能讀寫文字，並以此教授龔顯宗，從書寫姓名到以臺語讀《千家詩》，奠定了龔教授文學根柢。龔顯宗進入小學後，就一腳踏入古典小說的世界，他曾言：

> 國小五年級，我偷偷閱讀父親桌上的《三國演義》、《包公案》、《羅通掃北》、《小封神》，從此開啟了小說之門。初中大量欣賞歷史小說、言情小說、武俠小說、現代文學、世界文學名著。[1]

另一位對他影響甚深的為國文老師吳鴻章。在吳老師的鼓勵下，龔顯宗於一九六五年參加大學聯考，正式踏入中文系領域。在龔顯宗讀大四時吳老師過世，來不及報恩的遺憾，遂於日後轉化為教育學生的重要動力。

閱讀的眾樂樂

就讀華岡時期，龔顯宗嘗與中文系王灝、歷史系陳明台和蔣勳、英語系的張曼君、日文系林清元等，約定每周閱讀一書，龔教授回憶這一段時間，曾說：

譬如海明威《老人與海》、安部公房《砂丘之女》、川端康成《雪鄉》，禮拜天一面郊遊，一面討論。當時學校、黨部、每班都有打小報告的，因為白色恐怖，我們不敢組讀書會，在芳草如茵的地上，突然想起賽珍珠的作品，遂以「大地」為名，這些討論文學作品的紀錄，後經蔣勳整理，披露於《純文學》。[2]

時隔逾四十年，這份讀書會的熱情在學生之間得以延續。目前一月一次的讀書會，由二〇〇八年《龔顯宗教授榮退紀念論文集》籌備小組開始跨校整合，結合龔教授在中山與高師指導的學生，於論文集出版及退休餐會後，先成立「龔生會」，並為維持「龔生會」運作，開始以讀書會的形式延續。該讀書會原先以閱讀專書為主，後因成員均為博士生，遂以博士論文討論為讀書會主軸。龔教授於每月一次的師生聚會不僅未嘗缺席，還持續提供中肯而明確的意見以指導學生，使讀書會成員受益匪淺。

不悔的創作之路

龔顯宗自一九五九年就讀高中期間，即正式從事新文學創作，主要以詩為主，間及小說、散文，曾在《嘉義青年》及校刊發表。他執教小學時，曾在《文壇》、《臺灣文藝》、《笠》詩刊和報紙發表作品。龔顯宗在文化大學中文系就讀期間，發表詩論《必也正名乎》、《新詩完全拋棄了傳統嗎？》，並與王灝、蔣勳、陳明台、林鋒雄、林清元、閩璟等人共創「華岡詩社」，被推為第一任社長，主編《華岡青年》、《華岡詩刊》。一九六九年出版文集《榴紅的五月》，一九七一年與黃勁連、羊子喬、杜文靖、雲沙（王健壯）等十二人組織主流詩社，創辦《主流詩刊》。

值得一提的是，龔顯宗於一九六五年創作的〈散步在雨中〉被收入張俊山主編的《古今中外散文詩鑑賞辭典》，被譽為「詩情濃郁，富於美感」。[3]

他另有中篇小說《斷腸曲》（一九六〇年）、長篇武俠小說《黑龍神劍》）（一九六三年），惜均已佚。短篇小說《爽約》，撰於一九六三年，一九六六年發表於《中國一周》八九八號，轉載於《香港時報》。此外，龔教授《廿卅年代新詩論集》，古遠清在其《臺灣當代文學理論批評史》一書亦有評價，該書稱「龔顯宗評論二三十年代的新詩，是帶著他從創作實踐中所培養起來的敏銳藝術感覺進入批評領地的，這使他的研究帶有鮮明的直覺色彩。」[4]可以說，《廿卅年代新詩論集》代表龔教授對於創作的理念與看法，而《榴紅的五月》則顯然為其創作的落實。

誨人不倦四十年：教學

龔教授曾任五年中小學教師，自一九七三年在大學任教，迄今已逾四十年。龔教授在「啟後」方面的貢獻。主要可以從三個方面來看，分別是大學教材編寫、學院授課及論文指導三部分。

1 教材編寫。龔教授在任教期間，先後編寫教材《五專國文課本》一至六冊（合編），由臺北五南圖書公司一九六六年至一九九八年出版，並與人合編《師院國文選》上、下冊，一九八八年出版。

2學院授課。龔教授為作育英才，先後在碩博班及大學部開設多門課程，其中碩博合開課程有「臺灣文學」、「古典小說專題討論」、「章回小說專題討論」、「女性文學」、「紅樓夢」等；碩班課程有「文學理論與比較文學」、「詩話研究」；大學部課程除「大一國文」外，另有「中國文學史」、「中國思想史」、「老莊」、「現代文學」、「修辭學」等。

3論文指導。龔顯宗指導學生論文的範圍，學生人數眾多，自一九八二年指導碩士論文，一九九三年指導博士論文開始，學生人數眾多，研究面像擴及古典文學與臺灣文學二大類，亦可見龔教授在教學與研究上的相輔相成。

研究的多音交響

龔顯宗自中學開始，先後以本名或龍光、龔敬、恭敬、儒珍、朴溪山人、雲鶴堂主等筆名發表數百篇作品於報紙及雜誌，惜今多散佚。碩士論文《謝茂秦之生平及其文學觀》（一九七三年六月，政治大學）。博士論文《明七子派詩文及其評論之研究》（一九七九年七月，文化大學）。其專書著作之豐，令人感佩，綜觀其研究方向，主要包括以下幾類：

1現代文學研究：《廿卅年代新詩論集》（臺南鳳凰城出版社一九八三版）、《現代文學研究論集—詩與小說》（高雄前程出版社一九九二版）、《從臺灣到異域——文學研究論稿》（臺北文津出版社二〇〇七版）。

2 詩話研究：《詩話初探》（臺南鳳凰城出版社一九八四版）、《詩話續探》（高雄復文出版社，一九八五版）、《歷朝詩話析探》（高雄復文書局，一九九〇版）、《詩筏研究》（高雄復文出版社，一九九三版）

3 明清文學研究：《謝茂秦之生平及其文學觀》、《明七子派詩文及其論評之研究》（花木蘭文化，二〇〇七）、《明洪、建二朝文學理論研究》（臺北華正書局一九八六版）、《明初越派文學批評研究》（臺北文史哲出版社一九八八版）、《明清文學研究論集》（臺北華正書局一九九六版）。

4 童謠研究：《魏晉南北朝童謠研析》（臺北國語日報社一九九七版）、《明代童謠的賞析與研究》（臺北富春文化公司一九九五版）、《臺灣文學與中國童謠》（高雄萬卷樓二〇一四版）、《中國童謠史》（臺北花木蘭出版社二〇一五版）。

5 臺灣文學研究：《臺灣文學研究》（臺北五南圖書公司一九九八版）、《臺灣文學論集》（高雄復文出版社二〇〇六版）、《臺灣文學家列傳》（臺北五南圖書公司二〇〇〇版）

等著作，詳見下文。

6 女性文學研究：《蘭圃飄香——中國女性文學家列傳》（高雄前程出版社一九九三版）、《女性文學百家傳》（臺南真平企業公司二〇〇一版）。

7 其他：《談新論舊》（臺南鳳凰出版社一九八三版）、《論梁陳四帝詩》（高雄復文圖書公司一九九五版）。

從創作之路到研究之路

臺灣文學的重要推手

自一九八七年開始，「臺灣文學」成為龔教授主要的研究重點，他的主要貢獻在文獻整理、區域文學史的撰寫、推介，以及專題研究四個方面。

龔顯宗對於臺灣文學文獻整理頗為用功，成果可分為全集及選集兩種形式。全集方面，龔教授編有《沈光文全集及其研究資料彙編》、《沈光文全集及其研究資料增編》、《則修先生詩文集》、《則修先生詩文集續編》。沈光文（一六一二至一六八八年）為臺灣明代重要文人，有「海東文獻，推為初祖」之譽，是開啟臺灣古典文學的重要作家。龔教授早於一九八八年即受當時臺南縣立文化中心之託，對沈光文相關文獻進行編纂，並於《沈光文全集及其研究資料彙編》序言中指出：

文獻初祖沈光文對臺灣的教育與文學有啟導開創的功勞，其愛國愛鄉的精神更值得效法……沈氏與臺灣有關的作品俯拾皆是……或敘結社，或言地理，或說風物，或寫景，或抒情，或詠詩，將個人遭遇與臺灣盛衰很忠實地記錄映現出來。[5]

二〇一二年，龔顯宗再次針對原彙編內容進行增補修訂，完成《沈光文全集及其研究資料增編》上下兩冊，並列出龔教授有關研究沈光文之單篇論文九篇，可見其用力之深。王則修（一八六七至一九五二年）為日治時期臺南新化重要文人，曾任《臺灣新報社》漢文記者，一九二八年創設「虎溪吟社」，自為社長，後兼善化「浣溪吟社」、「淡如吟社」、「光文吟社」導師和詞宗，著有《三槐堂詩草》。龔顯宗《則修先生詩文集》、《則修先生詩文集續編》的出版，對於從明代到日治時期的臺灣古典文學研究，提供了相當大的幫助。除此之外，龔教授的舅公林友笛亦為日治時期重要文人，故亦促成龔顯宗對《林友笛詩文集》的整理出版。

選集部分有《臺灣小說精選》、《鹿耳門詩選》、《臺灣竹枝詞三百首》，在體例上兼及小說、詩、竹枝詞等文類。如《臺灣小說精選》內容涵蓋神話到科幻，但不包括現代小說，各篇末附有「解示」，以利讀者閱讀。本書共十三卷，第一卷「神話」七篇、第二卷「傳說」三十餘篇、第三卷「民間故事」十九篇、第四卷「志怪」二十四篇、第五卷「傳奇」十七篇、第六卷「笑話」

十六篇、第七卷「軼事小說」八篇、第八卷「歷史小說」五篇、第九卷「史料小說」，第十至十三卷為「鄉土小說、牢獄小說、俠義小說、科幻小說」。

另外，龔顯宗亦為國立臺灣文學館「臺灣古典作家精選集」系列撰著《沈光文集》（二〇一二年）及《鄭經集》（二〇一三年）。

龔教授《安平區志文學志》、《臺南縣文學史》、《七股鄉志文學篇》等「區域文學史」的撰述，將焦點集中在今大臺南地區，除在臺灣區域文學研究上佔有一席之地外，對於臺南文學、文獻的保存，亦功不可沒。如《安平區志文學志》後又收於《臺灣文學研究》，題為〈區域文學研究——安平文學史〉，共分七章，依次為「口承文學」、「明鄭之前的成文文學」、「明鄭文學（一六六一至一六八三年）」及「民間文學」。值得一提的是，在撰寫區域文學時，龔教授有意另闢口承文學及民間文學為專章，足見其對文學史之建構並不僅只限於依朝代劃分。又如《臺南縣文學史》有「俗文學與碑、聯、籤詩」一章，清代部分又專立一節「傳說和民間故事」，均可證明。

龔顯宗對於臺灣文學的推介以《臺灣文學家列傳》為代表，該書共收三十五篇，計三十六位臺灣文學家介紹，時間最早的盧若騰（一五九八年）與最後謝世的呂伯雄（一九八六年）相隔近四百年，龔顯宗在該書序中曾明白指出「臺灣人應知臺灣事，臺灣人應讀臺灣書，願臺灣人共同來研究臺灣文學！」無疑是中肯而客觀的呼籲。其分析諸位文人作品對後世的影響，更可視為臺灣文學研究的代表論述：

三十六位文學家……僅以文學而論，其影響所及，除新聞學外，對氣節的提倡、種性的發揚、原則的堅持、現實的反應和批判、族群地域觀念的消弭、迷信的抨擊、暴政的反抗、社會的救濟、結社的努力、政黨的組設、刊物的編纂，可謂深遠長久。具體的舉例，盧若騰對金門軍紀的指責，鄭經對清廷的不卑不亢，郁永河對原住民的悲憫，鄭用錫的造福鄉梓，李旺楊紀錄甘肅民情風俗，陳肇興描繪鄉土，林嘉卓建育嬰堂、立節孝祠，邱逢甲詩界革命，洪棄生至死反日，胡海淇開拓新題材、歌詠新事物，石中英諷刺國府苛捐雜稅，呂伯雄在二二八事件遭誣陷，許丙丁映現選舉醜陋，林秋梧主張改革佛教、提升婦女地位，在在證明臺灣文學是熱愛邦國的參與者，而非冷漠的局外人。[6]

由此段文字可清楚得知他研究臺灣文學的立場。

其中還有一位明代的作家研究必須一談，從《東壁樓集》被確認為鄭經的作品開始，龔教授即對其投以相當多的心力，其中〈初論《東壁樓集》〉、〈鄭經撰《東壁樓集》考〉、〈論鄭經在臺灣文學史的地位〉等單篇論文，細數鄭經文學內容及其在文學史上的地位。龔教授可以說是研究臺灣明代文學的重要學者，他藉由其熟稔的明代背景，為臺灣古典文學注入了更多的活力。

臺灣文學專題研究部分則以《臺灣文學研究》、《臺灣文學論集》為主。《臺灣文學研究》分為五部分，除〈區域文學研究——安平文學史〉、「詩話研究」、「宗教研究」外，「小說研究」以江日昇《臺灣外紀》為主，共計三篇研究論文，分別從人物形象、神話傳說謠讖及作者詩贊進行討論，「作家與作品」分述沈光文、鄭用錫、王松及〈乙未割臺與舊詩變貌〉，乙未一文猶強調時勢對文學的影響。

龔顯宗也是中山大學開設「臺灣文學」課程的第一人，培育了相當多臺灣文學研究方面的年輕學者，對於該學科的研究，有不可抹滅之貢獻。

詩話研究及童謠研究的系統性建構

除臺灣文學研究外，龔教授亦有意識地嘗試為詩話及童謠研究建構完整的歷史脈絡。詩話部分有《詩話初探》、《詩話續探》、《歷朝詩話析探》、《詩筏研究》等研究成果。童謠研究方面，龔教授以著述《中國童謠史》為畢生志業，目前該書已於二〇一五年由花木蘭出版社出版，其他另有《魏晉南北朝童謠研析》、《明代童謠的賞析與研究》、《臺灣文學與中國童謠》等專著，及單篇論文〈先秦兩漢童謠賞析〉。此外，他在《從臺灣到異域—文學研究論稿》一書中還闢有「童謠篇」，收有〈從《文心雕龍．正緯》看先秦兩漢讖緯性童謠〉、〈魏晉南北朝童謠的背景〉、〈明代童謠的理論與創作〉諸文。其對童謠史的系統性建構，已完整呈現。

研究視野的跨界與國際化

龔顯宗於一九九七至一九九八年至香港新亞研究所任客座教授期間，研究視野漸及越南文學，回臺後開始方志研究，近年來更將研究視野推向宗教文學。《臺灣文學研究》一書中，有「古都搜神記」，分述媽祖、土地公、關聖帝君、保生大帝及城隍爺，對此龔教授曾自言「透過文字，希望達到宣揚教化，保存古蹟目的。」[7]《從臺灣到異域——文學研究論稿》一書另闢有「民俗宗教篇」，包含〈上巳文學與民俗〉、〈宋濂與佛教〉、〈劉基與道教—以《誠意伯文集》為例證〉、〈劉基的道教觀〉、〈封神小說哪吒形象的演化〉等文，另有〈從秀才天子到皇帝菩薩—論蕭衍的宗教信向與治國歷程〉一文，可見龔教授嘗試跨界研究的努力。除了文學與宗教的結合外，在性別研究上，龔教授同樣未嘗缺席，除在碩博班開設「女性文學」課程外，其《蘭圃飄香——中國女性文學家列傳》及《女性文學百家列傳》二書更是其研究成果的展現。

龔顯宗教授研究視野的國際化，由其《從臺灣到異域——文學研究論稿》的異域篇兼及作家李滉、越南詩人鄭懷德等，便可看出端倪。

龔教授憑藉對創作的熱情，在新文學創作上取得了豐碩成果。在學術研究方面，不斷深化並擴大研究領域，從明代文學到臺灣文學、女性文學、宗教文學、詩話及童謠史建構，並擴及域外文學。其能夠同時兼具創作及研究能量，並持續不斷出書發文，誠為「經師」的典範。而他對於學生慈愛的提攜及其絕不放棄的「人師」精神，更深深影響學生後輩，值得學者效法。

註

1 見《龔顯宗教授榮退紀念論文集》之《文學心路（代序）》，龔顯宗教授榮退紀念論文集編輯委員會編，二〇〇九年一月。

2 見《龔顯宗教授榮退紀念論文集》之《文學心路（代序）》，龔顯宗教授榮退紀念論文集編輯委員會編，二〇〇九年一月。

3 張俊山主編，《古今中外散文詩鑑賞辭典》，鄭州：中州古籍出版社，一九九四年，頁八三二。

4 古遠清，《臺灣當代文學理論批評史》，武漢：武漢出版社，一九九四年，頁六五五。

5 見《沈光文全集及其研究資料彙編》之〈編者序〉，臺南縣立文化中心，一九九八年十二月。

6 見《臺灣文學家列傳》，臺北：五南圖書公司，二〇〇〇年，頁一至二。

7 見《臺灣文學研究》，臺北：五南圖書公司，一九九八年，頁一。

自序

最近常想：是否該把中學時期到現在發表過而未結集的作品合成一冊付梓，以免日久散佚，就稱為《拾遺集》吧。

從幼至今最讓我敬愛懷念的長輩有三位：祖母、吳鴻章老師、羅斗南先生。

祖母在我讀幼稚園時即以臺語教我吟《千家詩》，讓我從小接受文學的薰陶；進入中文系所，浸淫文學、研究著作數十年，指導過百位文學博士和更多的碩士，是我畢生的職志。

吳鴻章老師是我高中的國文老師，鼓勵我考大學，並資助我部份學費，畢業後在師資培訓期間，他魂歸道山，同學們通知不到我，未能見他最後一面，是我永遠的憾恨，只能帶著家人常去祭拜他，把他對我的恩情轉移到學生身上！

羅斗南先生，在我最艱困寒微時，看重我，關心我，人間有溫暖，他也是鼓勵我努力向上的動力之一。

許惠玟小姐是個傑出的研究者，感謝她同意將其論文置於本集前面，增添光彩；她是中山大學早期優秀的博士，是我的得意門生。

《拾遺集》前幾篇與首屆世界漢學會議有關，〈西灣語萃〉則該感謝《臺灣時報》主編鄭春鴻先生的厚愛，連載於副刊多時；〈萍〉、〈爽約〉、〈散步在雨中〉是中學及大學時期創作的作品。

〈現代文學教育與創作〉、〈新月派及其詩人〉則屬於演講導讀；〈臺灣文學史的見證人〉則讚頌葉老的貢獻，〈善書式的短篇小說集——池上草堂筆記〉是論文，敬請讀者指教。

——二〇二二年九月六日

目次

002——市長序　綿延如溪，潤物無聲
004——局長序　文學，讓城市發聲——在臺南的光與影中書寫時代
006——主編序　文學長河　王建國
009——從創作之路到研究之路——龔顯宗教授學術評介　許惠玟
023——自序
027——**卷一**
029——萍
043——爽約
055——散步在雨中
057——**卷二**
059——沈光文的傳播與研究之評論
077——臺灣文化的播種者

095——善書式的短篇小說集——《池上草堂筆記》
131——西灣語萃
卷三
179——現代文學教育與創作
181——臺灣文學史的見證人
187——新月派及其詩人
189——我在世界漢學會議
193——從慕尼黑到維也納
195——附錄　中華民國名人錄——龔顯宗先生
199

卷一

萍

我是天空裏的一片雲，偶爾投影在你的波心。——徐志摩「偶然」

彰化站。

人像潮水般的湧出，另一羣又潮水似地衝進來，月臺上匯成了一片洶湧的人潮。

車站的廣播聲、汽笛聲、小販的叫賣聲、小孩的啼哭聲、談話聲、喝罵聲如浪濤撞擊着心房與耳膜。

暗歎一口氣，我又低下頭去看書。

一個女人在我身旁坐下來。

從眼睛的餘光中，我知道她穿着白衣紫裙，但我頭也沒抬，繼續看我的茶花女。這種反常的態度，不是由於我對女人沒興趣，假裝道學，而是沒有勇氣瞧上一眼。所謂沒有勇氣，既非我害怕女人，亦非看了她們會戰戰兢兢，我只是在逃避。

是的，我在逃避，逃避自己，逃避女人，逃避一切。這種不敢面對現實的態度有點近於頹廢，因爲一場情感上的劇變使我幾乎死去。我愛過一個女人，她也以全部生命來愛我，但在現實的裁判下，我們硬生生地分開了，她含淚去，於是愛神遠颺。

我的美夢幻滅了，理想和希望也隨之俱碎。兩年來我不思振作，離群索居，我深知這是自暴自棄，但不敢承認這是頹廢，雖然事實上我已頹廢了。

如是沈淪掙扎了兩年，以前阿諛過、讚美過我的人一變而蔑視我，這使我感到憤怒；許多以前落在我後面的人現在跑到前頭去了。這使我感到悲哀，憤怒和悲哀使我從噩夢中清醒過來，於是在生之旅程上我再度整裝出發。

窮本溯源，我曉得頹廢的原因是爲了女人，於是我警告自己：「敬而遠之」。我的意思不是認爲女人可恨或她們是禍水；相反的，我認爲她們很可愛，但也正因爲她們可愛，我才愛「慘」了，我鼓勵那些有福氣的男人多多接近她們，但却警告自己別走近去。我知道這不是真正的達觀，但每當想起現在的奮勉向上和從前的不思振作有如天壤之別時，我就自嘲自慰地笑了。

車到豐原，廣播小姐嬌滴滴地由麥克風喊道：「各位旅客請注意，各位旅客請注意，前面的一段鐵軌壞了，現正搶修中，也許不要多久即可通車，請各位旅客放心……」

像一顆炸彈在人們的心中爆開來。

車廂內立刻掀起一片混亂與叫喊，男人的喝罵，女人的尖叫。

「怎麼辦？怎麼辦？」的呼聲此起彼落。

我焦急地抬起頭來，一轉頭正和身旁女人的眼光觸個正着，我一怔，這女人好一副悠閒的姿態！

迎着她的微笑，我也報以微笑。

「到那裏？」她問。

「臺北。」我回答，她是一個眉清目秀的女人，但並不漂亮；大部份的女人是近觀不如遠看，而她却是例外，一頭細軟烏柔的頭髮，深幽的眼神，兩道彎彎的眉毛習慣性地蹙着，嘴上時常掛着微笑，她的微笑令人有落淚的感覺，但不令人討厭，這是一個憂鬱而惹人憐愛的女人。

我禮貌性地問她：「妳呢？」

「一樣。」

「哦，那太巧了。」我一邊打量她一邊思索，這女人究竟是少女還是少婦？如果是少女，舉止間却有少婦成熟的風韻；如果是少婦，體態却又伭地輕盈。

「這樣子什麼時候才能到臺北呢？」望着擾攘喧囂的人羣我有點不耐。

「現在三點十分」，她看着腕錶，「如果準時到達臺北已是晚上七點；慢一點鐘開車是八點；最壞的打算是慢三點鐘開車，那麼十點也可以到達了。」

我驚異她那安閒自若的態度。

「急也沒用，」她解釋：「坐車就該有這種心理準備。」

苦難似乎能增加彼此間的感情，本是兩個素不相識的陌生人一下子却像好朋友似地聊起來。

鐵路局並沒讓人失望，只經過半過鐘頭，車子又向前行駛了。

「一本賺人熱淚的好小說」，望着我手中的茶花女，她說：「但不僅是賺人熱淚而已。」

茶花女我已看過兩種中文譯本，每次都令我唏噓不已，這次看的是英文版，同樣地，我們沈浸在哀愁中。我害怕痛苦，但却喜愛欣賞悲劇，包括電影、戲劇和小說，甚至喜愛欣賞纏綿悱惻的情詩和柴可夫斯基的「悲愴交響曲」，結果是愁上加愁，這種矛盾的心理我說不出是什麼原因，還是讓心理學家去探討吧。

我們自小仲馬的茶花女談到大仲馬的基度山恩仇記和戲劇安東尼，她的欣賞能力之高令我咋舌。然後又談起中國的小說和詩，我想我有點喜歡這個女人了。

「我該說我們相見恨晚了。」望着她，我說。

她憂鬱地皺了皺眉毛，嘴皮牽動了一下，却沒說話。

我有一種被冷落的難堪。

過了一會，她說：「我們是朋友麼？不是的，我們僅僅是陌生人罷了。」

「就算是陌生人吧，但我們比熟朋友都談得來。」

她不置可否地笑了笑。

「我想我們該把陌生化爲熟稔，請問您的芳名？」

「名字只是個代表符號。」她笑着回答我：「你不覺得這樣太庸俗嗎？」她的搶白使我臉上的溫度增加，我只好自我解嘲地說：「我本來就是俗人。」

「那不是你的眞心話。」她搖頭。

「你看過徐訏的鬼戀吧？」她問，見我點頭，又說：「我看完後寫了一首打油詩：『你莫問我是人是鬼？我不問你姓甚名誰？人不定美善，鬼也不定醜惡』。

「好詩！」我脫口說。

「我不問你姓甚名誰？」她笑着：「你也莫問我家住何處？」

我苦笑着，好厲害的嘴巴。

「是不是要問我的年齡？」她調皮地：「告訴你我可做你的姐姐。」

不悅於她的放肆，我哼了一聲。她不介意地問我：「你不相信？」

「相信」，我戲謔地盯着她的眼睛：「拋開以前的不談，起碼我現在相信。」倏然昇起兩片紅暈，避開我的眼光，她說：「你不感到說得太過份麼？」

「同船一渡，七世修來，我們不是有緣的朋友麼？」

「但也僅是朋友而已。」

「對一個好朋友來說，這是不算什麼的。」

「但我們什麼也不是。」

「我倒願這條路漫無止境，而車子永遠不停。」她的眉毛又皺了縐，像上了弦的弓預備對我的心射來，她說：「別這麼樣，你該尊重我，因爲我已結婚。」我悵惘地望着她。

我攤了攤手，做一個憂傷的表情：

「我能說什麼呢？難道我要代妳低吟『還君明珠雙淚垂，恨不相逢未嫁時』，而黯然神傷嗎？」

「人生如夢也如戲，我們的目的地也快到了，戲散了，夢也該醒了。」

「別忘記莊子筆下的夢是一場好夢。」

她憂鬱地把頭轉向窗外，窗外不知什麼時候已細細地下起雨來。

臺北到了。

除幾本書外，我手中無一物，我想我將要變成一隻落湯鷄了。

「別愁。」她舉一把紫色的洋傘。

第一次我感到女人的洋傘是這麼可愛，既可增加美觀，又可遮日，甚至還可避雨。

大批大批的人擠着、吵着跳出去。

人都快走光了，我站起來：

「該走了吧？」

「眞快。」她笑笑，拿下一個旅行袋。我笑着問她：「是鈔票麼？」「也許是。」她笑笑。

我接過她的旅行袋，她撐着傘，走出月臺。

雨仍細細地下着，一點點，一條條織着無邊無際的半透明的網。

「我們該說再見了吧？」在車站她伸出手，抑鬱地笑着。

「不。」我說：「我送妳。」

「不。」

「我只是順道而已。」我撒謊。

經過西站沿重慶南路直走。風斜斜地吹來，把小小的傘吹開去，雨淋我一身的潮濕。

「靠近點。」她說。

挨緊她，空著的左手摟著她的腰，她微顫了一下，我接過她的旅行袋，她撐着傘走出月臺。

平日車水馬龍的一條路，現在除了風雨中穿梭的計程車與公共汽車外，唯有巴士站寥寥的乘客顫抖地點綴一街的冷落。

霓虹燈光交錯地斜照下來，她的臉色顯得格外蒼白，「冷嗎？」我問。

「嗯。」

「靠過來一點。」我的手再緊了緊。

「嗯。」

「原諒我的不禮貌，」我歉疚地笑笑：「妳沒告訴我妳的名字。」

望着深鎖的眉毛，我問：「妳覺得不快麼？」

「嗯。」

「爲什麼？」

「你知道。」

我搖頭。

「但願我們不曾相遇。」她輕輕喟息。

何其熟悉的喟息！我曾在那個女人的身邊聽到？

「幸虧我們相遇。」

她抬起眼睛看了看我，長長的睫毛好黑好亮。

衡陽街前雨水的淅瀝代替了往日的喧嘩。

到第一銀行總行時，我們向右轉，繞過總統府後面。

越過貴陽街，在司法大廈後面，她深深地，幽幽地望着我：「請留步。」

「讓我送你到植物園為止。」

「何必如此，送君千里，終須一別。」她凄涼地笑了一笑。

「如果這條路漫無止境，如果這場雨下個不停，那我們就可永遠悠閒地走着。」

「唉，畢竟你還年輕。」

我很不以爲然地哼了一聲。

「別生氣，」她笑着說：「我也曾經有過你那可愛的年齡。」

最後那句話使我真的生氣起來。

「我愛過一個男人，」她無視於我的不悅，繼續說下去：「他也愛我，但最後我們却分開了。」

我的怒氣全消了。多巧的事！多巧的人！現在竟巧妙地碰在一起了。這次輪到我歎氣了。

「是同情我麼？」她憂鬱地笑笑。

「不，我只是在爲自己歎氣，」我解釋着：「我的遭遇跟妳完全一樣。」

她的眉毛縐得更深了，眼睛迷茫地望着我，久久地再說不出一句話。

「我們是同病相憐了，」我說：「妳說我們不該在一起嗎？」

「別這樣說，」她忽然軟弱起來，無力地低聲說：「我說過我已結婚了。」

「你愛他嗎？」

「雖然我不愛他，但他愛我，我們已有了小孩。」

我開始瞭解了，人生原來有許多無奈，她配向我說教了。

隨著她的目光望去，我發現植物園的大門已在前面。

「好了吧？」她笑着看我：「一個君子是不該食言而肥的。」

我的臉微微地發熱，我說：「我常到植物園散步的，妳願意陪我走一段嗎？」

「你是够聰明的」她說：「我再不好意思拒絕了。」

於是我推動旋轉門說：「請。」

她調皮地看看我，並折起小洋傘。

在裏面，我說：「植物園是個美麗的夢境，現在我們是在夢中。」

她笑笑，沒有反駁我，打開傘。

我發覺頭已整個淋濕，手往口袋裏掏，却掏不出什麼東西來。」

「哈，哈，畢竟還是一個大孩子，」她笑着，不管我的難堪，拿一條絲絹擦她那烏雲似的秀髮，頭往後仰，那姿態很美，「連手帕都忘記帶，諾，給你吧！」

我接過來擦，一股香水味撲鼻。

「妳剛說過要送給我。」我把濕透的絲絹往袋裏塞：「却之不恭，受之有愧了。」

「你像個無賴。」

雨打在池上，發着蓬蓬的清響。一陣風來，把兩片聚在一起的浮萍吹開了。我把眼調開去，看另一池的紅蓮，却聽到她的吟哦聲：「風中柳絮水中萍，聚散兩無情！」

「喂！」我上前扶着欄桿，同她並坐，「讓我們回憶吧！」

「可是當一個人沈緬於回憶中時，他已經老了。」她凄涼地說。

「別這麼說，」我有點急躁和難受，「讓我們回憶快樂的事兒吧。」

「嗯，」她點點頭，閉了閉眼睛，然後睜開來審視著我：「我為什麼要坐到你的旁邊？又爲什麼要跟你講話？因爲你太像一個人了。」

「那個人是妳的他麼？」

「嗯。」

「這是所謂移情作用了，」我苦笑着：「我已是一個可憐的替身，一個多餘的孿生兄弟。」

「你可以做我的弟弟。」

我有點火了，我想我真的被看扁了。

「別生氣，」她用微笑淋熄剛生了的怒火：「我只是說『可以』而已，我並不會向你要求，因爲你是一個可怕份子，一個危險弟弟。」

我張口結舌地望著她。

「你的野心不僅在做弟弟而已。」

她的解釋使我高興了起來。

走下階梯，走上小橋，我問：「這橋是鵲橋麼？」

她答非所問地說：「我的脚好髒。」

我跟着她蹲下去，她右手撐傘，左手脫鞋。

「好涼快。」她說，兩隻脚如白鰷在水中浮游。

我也把手放下去戲水，然後握住一條鰷。

「別這樣，快放手。」她掙扎着，白蓮似的面上開了一朵小小的紅蓮。

「不。」我握得更緊了。當她明白抗拒只是一種徒勞時，白鰷便在水中靜止不動了。

偎着我，閉着眼，她把頭靠在我肩上。蓬蓬的雨聲中我仍然覺察到她的心跳。時間是凝固的了。

歎息着，她把腳輕輕掙開我的掌握：「我們走吧。」

走過小郵亭時，我說：「告訴我妳的住址，我寫信給妳。」

「不。」

「是矜持麼？」

「不是。」

我推動旋轉門，把希望和夢推出去。

在博物館前，她說：「這次我們是完完全全站在夢境之外了。」

「你會記得我嗎？」

「我不知道。」她黯然地：「最好能忘掉，你呢？」

「妳說我能嗎？」她不回答我了。細碎的跫音敲擊著我的心房。

在大門口，她說：「別再送了，你該實踐你的諾言。」

我語塞了。扶着牆柱，我們默默地對看着。她伸出手，又縮了回去：

「不要說再見了，我們不會再碰頭的。」

我把旅行袋還給她，她揚了揚傘，低聲對我說：「本想把它送給你，但是我想該讓這場雨清醒你。」

我笑着問她：「是開玩笑嗎？」

「不是。」

時間一秒秒地過去了，甩了甩頭，她振作似地：「願意答應我最後的一個要求嗎？」

我點點頭。

「請把頭轉過去五分鐘。」

我依了。

「祝福你，也祝福你的她。」她在後面輕喊。

我也回答她：「祝福妳，也祝福妳的他。」

「別轉過頭來。」我聽見她離開的脚步聲了，而且漸去漸遠，我再也忍不住轉過身來，衝向路旁，向右看去，她已跑到盡頭，突然她轉過身來，她看見我了，我對她揮揮手，她也對我揮揮手，然後一溜烟跑向轉角處，不見了。

雨下得更大了，我掏出那條絲絹往臉上擦，嘴邊却覺得濕濕的、鹹鹹的、熱熱的，不知是雨還是淚。

爽約

（一）

廳內又響起另一支曲子——「夢裏相思」。

僕歐走來。

「咖啡兩杯，不加糖。」他說。

低沈的歌聲，低沈的心，使廳內氤氳着低沈的空氣。

她不時投過來電般的眼波，如星似夢的美目漾着霧樣的憂鬱。

他曉得她的眼睛爲何漾着憂鬱，那憂鬱裏藏着什麼，正因爲如此，他竭力把頭俯下，不敢瞧那醉人的眼波。

無形的鉛，壓着兩人的心，沈甸甸的。

「你的記性不壞。」攪着沒加糖的咖啡，她半玩笑半調侃地說。

「你說我能忘嗎？嘉蕙。」他仰起頭。

她看清了他清癯而略帶蒼白的面孔，深邃的眼睛和夾在青絲裏的數莖華髮。

「啊！」她不禁驚訝於他的改變。

他看着她，眼神帶着問號。

輕捷地，她拔下了他的一根白髮。

「妳也一樣。」他凄涼地笑笑。

「我也一樣？」她驚訝了，站起來：「請等一下。」

從洗手間到席上，她差不多是毫無意識地走回來。

她並非怕老，只是覺得老得太快了。

僅僅剛屆而立之年，洗手間的鏡子已映出她那落寞的神態，頭上有着白髮，眼角也有魚尾紋了。

做夢也沒想到一切會變得這麼快，她與他別離的那年，她還是白衣黑裙，活潑嬌豔的少女，而今已邁入中年，他也鬢邊見霜了。

對於他的不辭而別，她有着刻骨的痛心。

在負氣之下，她嫁給她現在的丈夫——一個紈袴子弟。

十年來，她從不注意修飾，「女爲悅己者容」，他既離她而去，她怎有心打扮？如今見着他的改變，她纔察覺到自己的衰老。

而這一切可說全是他一手促成。假如沒有這次的邂逅，她眞會終身恨他。

想起他那善意而愚蠢的行爲，造成今日這不可彌補的遺恨，她不禁狠狠的瞪他一眼。

「唉！呆子，我且問你。」她忍不住問道：「難道你只注意別人而忽略了自己。」

他默默無言，像隻待宰的羔羊，可憐巴巴的望着她。

「你不知有多傻，因你這愚蠢的行爲，使你我都受到傷害。正如不會游泳的人去救那溺水者，結果不但救不了人，連自己也慘遭滅頂。你知道嗎？你就是那不會游泳的人。」

「你知道我本來就不會游泳。」他爲自己解嘲。

「討厭，人家跟你說正經的，你却在尋開心，看我可饒你。」她嬌嗔的捻了他一把。

「哎呀！」他呼痛大叫。

「噓⋯小聲點！」她撫着他的手：「已經是中年人了，還像個小孩子。」

「嘉蕙，」他反握着她那纖瘦白皙的小手：「跟妳在一起，我彷彿年輕了十歲。」

「但我們心都已老了。」她輕輕喟息。

「但它們會再年輕。」他緊握她的手。

她無語，爲他眼裏的灼熱而顫慄。

凝視着她那美麗的眼睛，長長的睫毛，挺秀的鼻子，如火的櫻唇，這一切原是屬於他的，但如今她却變成別人的妻子。

他非常悔恨，當年所以忍痛拋開了她，原是希望她得到幸福的歸宿。

但如今她並不幸福，他的犧牲只增加了她的哀傷，他深責自己的不智，無可奈何地嘆了一口氣。

「後悔了？」她笑着，爲他的嘆息而嘆息。

他點點頭。

「活該，咎由自取。」她諷刺着：「你是最愚蠢的聰明人。」

「最愚蠢的聰明人。」他咀嚼這亦褒亦貶的句子，輕輕地笑起來。

「琮煜」，她幽幽地：「我們應該彌補這十年的損失。」

「唉，太遲了！」

「不！幸福要自己去尋求，現在還來得及，假如再躊躇不決，那纔是太遲了。」

「你該記得，在學校時，我們讀過一篇英文故事，大意是說：機會稍縱即逝，失而不可復得。」

他記得的，關於他倆在一起的一切。

「解鈴還須繫鈴人，這損失既因你而生，」她頓了一頓，「幸福也要由你再造。」

「你知道嗎？琮煜。」

他遲疑的點點頭。

（二）

快黃昏了，行人漸少。

在咖啡廳門口，她問：「陪我散步好嗎？琮煜。」

「好的。」

這是一條寬闊整齊的道路，兩旁種着高大的椰子樹。因爲靠近郊區，使人有一種寧靜安全的感覺。

他們緊緊地倚傍着默默前行。

「一切好似從前，」她望望他，望望四周：「這氣氛，這景物。」

「可是有一樣不像，」他說：「我漸老，妳也不再年輕。」有一股憂鬱籠罩四週，造成片刻的沈默。

他點燃一支煙，她驚異的盯着他。

「你會吸煙？」

「偶爾吸吸，當心情悶悶不樂的時候。」

「也喝酒？」

「喝的。」他解釋：「我是用來麻醉神經，以求短暫的遺忘。」

「十年，唉，時光！」

「十年前我寸烟不吸，滴酒不飲。」他聳聳肩，苦笑道：「誰知現在會變成這樣呢？」

「青年是個耽於幻想的時期，而中年則是現實擊碎了幻想。」

「是的，妳沒成爲畫家，」他嘲笑着：「我也沒成爲詩人。」

「那是由於我們的分離。」他同意她的見解。

「琮煜，」她以堅決的眼神向他凝視說：「但是我們現在還來得及把幻想變爲事實。」

「我相信的，嘉蕙。」

又走進了市區，喧囂自四面八方洶湧而來。

「今晚八時，在『巴黎咖啡室』見面，好嗎？」

「有這必要嗎？嘉蕙。」他笑問，歎着氣。

「非常必要，」她揚起拳頭嬌嗔：「不許黃牛。」

「琮煜，眞的非常必要，」她懇摯地說：「這是幸福的開始，我們不能一誤再誤。」

他竭力把頭俯下，不敢瞧那醉人的眼波。

「你會來嗎？琮煜。」

他點點頭。

「我相信你，」她笑了，伸出手道：「那麼，讓我們說『晚上再見。』」

「晚上再見。」他遲疑地伸出手，熱烈地和她相握。

她看着他走開了。忽然有一種不幸的預感，穿過心田，剛才的握手和十年前最後的一握，全然相似。她想追上去問他，但他已走遠了。

(三)

電唱機已放了好幾支曲子，卡座上坐滿了對對的情侶，她雙手抱胸，眼睛不斷地對着進來的客人臉上搜索。

八點已過，他爲何還不來呢？故意遲到嗎？不，不，他從未有過遲到的紀錄。不來嗎？不會的，在三年的過程中，他也未曾爽約。

出了意外？啊！不，我怎能如此想。大概臨時有事吧！也許他此時正在趕來的途中，她這樣安慰自己。

想到臨別的一握，一股悽愴又湧上心頭。

「不會的，他是如此的愛我，如此地需要我，何況他從未失信。」

一個僕歐手裏拿着一封信，向她走來，對她上下打量着，然後開口：「請問！你是黃嘉蕙小姐嗎？」

「是的，」她詫異的問：「有何貴事？」

「這是一個鐘頭前，一位先生臨走時囑我轉交給妳的。」他遞上一封信。

「謝謝！」她的心彷彿被什麼壓縮似的，幾乎喘不出氣來。

僕歐走了，她整個人像要癱瘓了，抓住椅子的扶手，定定神，急急的拆開信。

嘉蕙：

當妳接到這封信時，我已經不在這個城市了。妳多讀一字，我離妳越遠一步，當妳讀完信時，我已離妳很遠很遠了，從此關山遙阻，天各一方。

在一生裏，我從不曾爽約，對你，對別人。想不到今晚我第一次爽約了，而且對象是妳，這豈是十年前所會料及？正如現在怎能預知十年後的我們將會變成怎樣呢？但是嘉蕙，請相信我，這也是最後的一次爽約，對妳，對別人。

我不敢祈求妳的寬恕，包括十年前的不辭而別和今日的爽約。前者雖然是基於愛妳的意念，但却在無意中造成妳今日的不幸；後者，妳更會怨恨我的狠心與無情了。

妳曾說：「這次約會是幸福的開始，我們不能一誤再誤。」我也知道「我們的相逢和結合會彌補十年來的遺恨。」我更知道只要我來赴妳今晚的約會，我們就會重拾舊情，然後一生一世永不分離。

唉，嘉蕙，對妳，對我，我們是應該相見的。然而當我決定赴約時，理智遏阻了我前進的腳步。

妳已經是兩個孩子的媽媽了，假如妳和妳所不愛的丈夫仳離，勢必拋下那兩個天眞可愛的孩子，孩子是無辜的，我們能狠着心腸，將快樂建築在別人的痛苦上嗎？何況妳是一個賢淑溫柔的女人，妳非常疼愛孩子，到那時「魚與熊掌，不可得兼」，使妳委決不下，躊躇痛苦。何不讓我們趁早分離呢？

我是個沒有地位，沒有財勢的人，我什麼也不怕，但是妳，嘉蕙，妳是我唯一的情人，在學校時公認的好學生，鄰居們「有口皆碑」的賢妻良母，妳不能蒙上庸俗的社會給予妳「蕩婦」的罪名。

因此我不來赴妳的約會，雖然這樣做對於我們都非常痛苦，並且有着不可彌補的損失，但對別人卻是有利的。

胡適之先生曾說：「愛情的代價是痛苦，愛情的方法是忍住痛苦。」我們既不能達觀的遠離痛苦，便唯有讓痛苦來折磨，鞭撻我們了。

嘉蕙，我非常對不起妳，第一次的別離，我帶給妳不幸，第二次又留下哀傷讓妳咀嚼。你給我的太多，而我給妳的卻太少。嘉蕙，妳能同情我的苦衷嗎？

第一次別離，由於我們懂得太少；這次卻由於懂得太多！唉，太多和太少總是不好的。

歲月無情，十年前，我們都是朝氣蓬勃的青年。而今頭髮漸白，臉上也起了皺紋，再過十年，我們會變成怎樣呢？我們不會再相見的，即使相見，又能做什麼呢？我們至多也祇能痛苦的握握手，然後含淚互道珍重。

我永遠無法忘懷妳的，嘉蕙，甚至死了的時候，我還會記得妳，假如人死了還有靈魂的話。

的確，我無法忘懷妳，從十三年前我們初次相見，我就深深的覺得。今天我們又在街上邂逅，當我和妳顫慄地握手的時候，當我跟妳在一起的短暫幾小時，我知道這十年來的努力，打算以工作來忘掉妳是白費了。

正因爲如此，更堅定了我離妳遠去的意念。

我們知道一分離就沒有活下去的勇氣，但我們要堅強地活下去。嘉蕙，我會爲妳而活下去的，終身不娶，便是我誓言的明證。妳也應當活下去，爲妳那兩個寶寶。

世界的法則便是人間有缺陷，唯其有缺陷，才能烘托出至美，正如我們喝的咖啡不加糖，纔能嚐出愛情的甜蜜。我們的愛情純是屬於靈性的，唯其如此，纔更顯出它的至美與神聖，因此，當我們在散步時，我竭力壓下吻妳的衝動；因此，當我們相逢的時候，我要離去。

佛家說：「四大皆空」，人祇是一付臭皮囊，所以，使我想到這別離的十年和今天相會的幾小時並無多大的差別。我們還有幾個「十年」呢？即使我們能廝守在一起，但總有一天也要分離的。那麼，讓我們盡量不痛苦吧！

我們都是無神論者，我們從不信仰宗教，但此刻我倒願意冥冥中有個主宰，來指引我們脫離苦海。

嘉蕙。妳應該重拾起妳的畫筆，將痛苦發洩於紙上，不要抑鬱寡歡。十年來，我就是用詩來描述我的心聲，以打發日子的。

嘉蕙，妳不要癡心地想再找我，我們不會再見面的。

我永遠無法忘懷妳，關於妳的一舉一動，一顰一笑，一言一語，以及妳的一切。

別了，嘉蕙，永別了。最後，再讓我喚妳「蕙蕙」，讓我再喚妳一聲 Darling！

她緩緩地站了來起，以蹣跚的步伐走進洗手間，掏出手帕來揩拭眼淚。癡呆地凝視著鏡中的身影，她髣髴覺得青絲中的白髮更多，臉上的皺紋更深了。

——民國五十五年八月二十九日刊登於《中國一周》，後又轉載於《香港時報》

散步在雨中

雨落著，雨細細地落著；風吹著，風微微地吹著；風和雨交奏出一闋交響曲。

我在雨林內緩緩穿著，在風中慢慢踱著，在音樂裡輕輕走著。

雨落著，雨細細地落著；霧飄著，霧冉冉地飄著；霧和雨合構成一幅抽象畫。

我在雨林內緩緩穿著，在風中慢慢踱著，在圖畫裡輕輕走著。

兩旁的龍柏飄搖輕舞，青翠欲滴。山下的紅磚洋房在煙雨裡若隱若現，風中，依稀有隱約的車聲。

不穿雨衣，沒戴斗笠。任風信子飛過耳際，雨從髮上直流下來，流過鬢邊，流過唇角，有種特殊的味兒，和平地的大不相同。

這使我想起這個暑假。落雨的日子，我們撐著雨傘，在植著木麻黃和椰子樹的道上散步。我們慣稱這條路為〝怪人道〞，因為在那落雨的時候，除了一、二輛疾馳的車子和狼狽地狂奔的人外，就只有我們走著，悠閒地走著；說著笑話，爭論時事。

我又再次在雨中散步了，雖然是在異地，在山上，卻令我有種重溫舊夢的狂喜。

拾級而上，我走在通向法美寺的柏油路上，同學戲稱它為〃鴛鴦路〃或〃情人道〃，每到月圓之夜，對對情侶沐著清輝，踏著銀光，手挽著手，臂把著臂，心疊著心，去看那燈海，那一片輝煌。

道旁有虯松的狂吟，蘆葦的笛聲，還有不知名的小白花飛香。

猛回頭，大成館已落在後頭，被如煙如霧如棉如絮的雲氣所掩蓋，只露出簷角的青龍作勢欲飛。

自法美寺縱目下望，近處是萬頃的松濤和鮮碧的芳草；遠處，白的溪流，紅的屋子，還有模模糊糊一條條直線，應是城裡的大街吧？方方的稻田如綠色的棋盤。

谷底氤氳著雲氣，那半透明的乳白色霧靄游移著，如面巨大的毛玻璃，半遮著一城的輝煌，半透著一海的金芒。

凝視谷底，想您是大海裡的涓滴，在熙攘繁華的塵寰中流著，匆匆地流著。

何時您將來與我相聚？在雨中散步，迎著涼涼的風，淋著甘露，踩碎萬斛的珍珠。

「斜風細雨不須歸」，走著，我又向前走著。

雨落著，雨細細地落著，我在音樂中輕輕走著，在圖畫裡緩緩踱著。

——寫於五十四年十一月十二日

卷二

沈光文的傳播與研究之評論

前言

被尊為「臺灣文獻初祖」的沈光文（一六一二—一六八八），不僅是臺灣文學之父[1]，中文教學之祖[2]、田野調查的第一人[3]，更首繪臺灣地圖、記錄原住民風俗物產，組詩社，研究醫藥，診治病患，建議鄭成功設官辦學、招募華人、養老幼，鄭克塽降清後，他將餘生付諸吟詠，是不世出的偉人，本文評論臺灣與中國對他的傳播與研究。

沈光文的生平和著述

沈光文是浙江省寧波府鄞縣櫟社中林里人（今寧波鄞州區石碶街道星光村），字文開，號斯庵，自號寧波野老，先祖為宋朝淳熙四先生之一的沈煥，從鎮海移居鄞縣。明中葉後，一支移至櫟社中林里，沈明臣、九疇、光文皆屬此脈。明臣為萬曆中布衣詩人，光文幼承庭訓，知詩識禮。天啓七年（一六二七），補博士弟子員，時鄞縣教諭是張廷賓。崇禎三年（一六三〇），參加浙江鄉試，中副榜，主考官即黃道周；九年，以明經貢太學，次歲（一六三七），入南京國子監，劉宗周講學於此。十二年（一六三九），閹黨餘孽阮大鋮結交權貴橫行，顧憲成孫顧杲倡組復社，成員多達一百四十人，發表聲討阮氏〈南都防亂公揭〉，光文、黃宗羲、方以智、冒襄與焉。

崇禎十七年（一六四四）三月十九日，思宗在煤山自縊，清世祖即位，建號順治元年。五月，福王朱由崧在南京延續明代遺脈，以次年為弘光元年（一六四五），五月，清兵攻陷南京；六月，杭州失守，魯王朱以海監國于台州；閏六月十五，唐王朱聿鍵自立，二十七日，建元隆武。從南京回鄉的沈光文擁戴魯王，封太常博士。

魯王監國元年，即南明唐王隆武二年（順治三年，一六四六），光文預畫江之師，紹興破，從魯王出奔閩海，經石浦、南浦至舟山，但守將黃斌卿不接納，君臣漂流百餘日，十月二十五到福建，十一月二十至厦門，攻占長垣，稍獲安定，授兵部職方郎中，奉魯王之命，與鄭鴻逵、成功叔侄聯絡，往來於琅琦閩安與金門厦門之間。桂王永曆三年（一六四九），晉太僕寺少卿，時在肇慶；四年，王出奔，令他監鄭鴻逵軍；五年（一六五一），與寧靖王調停魯、鄭，七月，經圍頭洋遇颶風，飄至噶瑪蘭（今宜蘭），次年，輾轉至臺窩灣。

永曆七年（順治十年，一六五三），魯王自去監國號，福建總督李率泰托人致意，光文焚書卻幣，義不降清。永曆十年，詩挽定西侯張名振。由於在臺生活貧困交加，吃喝的基本生活需求都成了問題，告貸無門，但秉持窮且益堅的信念，為人看病，且不停的實地考察臺灣，為文作詩，予以記錄。

永曆十五年（順治十八年，一六六一），鄭成功克臺，喜見光文，接受他和徐孚遠等建議，善待遺老，訂法令，計丁庸。十六年（康熙元年，一六六二）五月八日，成功薨，鄭經嗣位，沈氏擁護魯王，作〈臺灣賦〉，中有「鄭錦僭王，附會者言多諂媚，逢迎者事盡更張，般樂之事日萌，奢侈之情無饜，橫徵浪費，割肉醫瘡，峻法嚴刑，壅川弭謗。主計者所用非所養矣，所養非所用矣。世風日下，人事潛移。」嗣王怒，部屬又挑撥離間，沈氏只好遠離府城，入山避禍。時友人吳正甫欲出家，沈氏告以自己法號都取好[4]，穿著僧衣，只是未落髮而已。[5]永曆十九年（康熙四年，一六六五），在大岡山普陀幻住庵寄居。

永曆二十八年（康熙十三年，一六七四），他從羅漢門移往目加溜灣社；三十五年（康熙二十年，一六八一），鄭經薨，諸鄭復禮遇他，三十七年（康熙二十二年，一六八三）七月二十日，鄭克塽降清，閩督姚啓聖、平臺將軍施琅都對沈氏致意。翌年十一月九日，初識首任諸羅縣令季麒光於鹿耳門。

康熙二十四年（一六八五）元月，與詩友組成「福臺閒詠」；四月，改名「東吟社」，撰〈東吟社序〉；十一月，季麒光作〈東吟詩敍〉、〈沈斯庵詩敍〉、〈跋沈斯庵襍記詩〉、〈沈斯庵雙壽序〉；二十五年，季氏又書〈沈光文傳〉；二十七年（一六八八），沈氏以高齡七十七謝世。

其著作經筆者三次蒐集、整理、註釋（註六）[6]，得詩一百十四首、古文〈東吟社序〉、〈臺灣輿圖考〉、〈題梁溪季蓉洲先生海外詩文序〉、〈臺灣賦〉，雜記有〈土番〉、〈土番服飾〉、〈番柑〉、〈番橘〉、〈番蘭〉、〈地震〉、〈菻茶〉、〈檨〉、〈素馨〉、〈天仙花〉、〈黃水藤〉、〈海翁〉十二則。

評有關沈光文的傳播

從季麒光以降，言及沈光文的不絕如縷，或偏於生平，或偏於著述，或偏於志節，或偏於事功，或偏於學術，本節依年代先後論述如次。

季麒光《蓉洲文稿．沈文開傳》作於康熙二十四年（一六八五），是最先為沈氏立傳者，簡述其歷仕紹興、福州、肇慶，「由工部郎中，加太僕寺少卿，明鼎革後，遯跡不仕」。季氏與光文水乳交融，知無不言，言無不真，當時親見其著作為「臺灣賦、東海賦、檨賦、桐花賦、芳草賦及花草果木雜記、近古體詩，俱係存稿，未及梓行。」可見遺佚甚多。

季氏之後，有蔣毓英者，首任臺灣知府，於康熙二十五年主修《臺灣府志》，此書卷九有〈沈光文列傳〉，中云：「於目加溜灣番社教授生徒，兼以醫藥濟人」，注意到沈氏對原住民教育和醫療的貢獻，且敍及鄭成功、鄭經父子。

同一年，金鋐修、鄭開極纂《福建通志》，中〈遷寓篇·沈光文傳〉，失之簡略，係參襲《臺灣府志》而成。

康熙五十六年，周鍾瑄主修、陳夢林等人編纂的《諸羅縣志》，在〈人物志寓賢〉篇中多了一則重要資料：「卒葬於善化里東保」，記載歸宿之地。

乾隆五年，劉良璧《重修臺灣府志》，中〈人物流寓〉篇謂「其孫猶能守詩書」，記其後代，但缺少佐證。

乾隆十年，全祖望《鮚埼亭集》卷二十七〈沈太僕傳〉是有關沈氏生平、著述、功業、評論空前完備的傳記，因全氏令鄞人遊臺者「訪公集，竟得之以歸，凡十卷，遂錄入甬上耆舊詩。」此傳自其先世敍起，仕宦、至臺、組詩社，成員有韓又琦、趙行可、華袞、鄭廷桂、林奕、吳藻、楊宗城、王際慧，「所謂福臺新詠者也」，繼云：「公居臺三十餘年，及見延平三世盛衰。前此諸公述作，多以兵火散佚，而公得保天年于承平之後，海東文獻，推為初祖，……今之志臺灣者皆取資焉」，夾敍夾議，「公之巋然不死，得以其集重見於世，為臺人破荒，其足稍慰虞淵之恨矣。公之後人遂居諸羅，今繁衍成族」，有首有尾，是當時有關沈氏最完備的傳記，於生平、研究、傳播貢獻最大。

乾隆十一年，范咸纂《重修臺灣府志》，〈人物流寓〉篇記沈氏在康熙廿二年（一六八三）鄭克塽降清後，「與姚制府有舊，將資遺回籍，姚死，竟不能歸」，姚指閩都姚啓聖。

乾隆十七年，魯鼎梅修、王必昌纂《重修臺灣縣志·寓賢》；同年余文儀《續修臺灣府志》；乾隆二十八年黃任、郭賡武重修，同治九年章倬標等補刊《泉州府志·寓賢》；嘉慶十二年謝金鑾修《續修臺灣縣志·寓賢》四志的沈氏略歷大致相似，無甚新意。至道光十年（一八三〇）李瑤著《南疆繹史·摭遺》資料較豐，記沈氏「挈家航海，颶風作，失維，飄泊至臺灣，時鄭氏未至，猶為荷蘭地，迺從之，受一廛，極旅人之困。及成功至，知光文故在，喜甚，以客禮見，時令致餼，撥田宅贍之」，比起他書完整多了，且評論曰：「閩自無餘造國，臺海素外版圖，洎鄭氏開疆，群賢輳集，而閣公（即徐孚遠）、斯菴，藉作寓公以隱，副其志之不食周粟以死，是又古來殉難之一變局也。夫閣公崎嶇謀國，若欲求一當而不能，而斯菴則孤立海隅，初無作為，似宜附諸外臣之列，然推其心，則非甘於鄭氏而已者」，與徐孚遠比而論之，附於其傳。

道光十六年（一八三六），周凱修《福建通．金門志》卷一〈分域略〉引已作《內自訟齋文集》云：「沈斯菴居臺灣，在鄭氏之先。」證明沈光文於荷蘭人統治時已到臺灣。

同治十年徐鼒《小腆紀傳》附記沈氏，同年陳壽祺修《福建通志》卷四〈臺灣府〉亦無新資料。同治、光緒間李元度纂《先正事略．沈斯菴事略》開頭就說：「滄桑改革之際，貞臣遺老有託而逃者眾矣！而蹤跡莫奇於四明沈先生」，接著大量引錄《海東逸史》，按年敍事，頗為可信，其時已缺「芳草賦」。

光緒三年（一八七七），董沛纂、張恕修《浙江鄞縣志》曰：「三十餘年，凡耳目所及，無鉅細皆有紀載，其間如山水、津梁、禽魚、果木，大者紀勝尋源，小者辨名別類。」親自考察、記載，溯源分類，較現代人田野調查、科學分類，毫不遜色。

光緒二十一年（一八九五），薛紹元修、蔣師轍纂《臺灣通志稿本．列傳．寓賢》則無新意。

民國七年（一九一八）連橫《臺灣通史．列傳》列「流寓考一卷」，說「文開詩文集三卷」，又云：「同時居臺者有徐孚遠、王忠孝、辜朝薦、沈佺期等」。

民國十七年（一九二八）趙爾巽等撰《清史稿．遺逸傳》是古文舊史最後有關沈光文的著作，總括前人資料，無新意。

以下論述現代人有關沈氏的傳播。

黃典權民國四十一年《臺南文化》第三、四期〈沈光文〉，篇幅頗長，以《鮚埼亭記·沈太僕傳》為主，旁及《續修臺灣府志》、《諸羅縣志》、《寧波縣誌》、《海東逸史》、連橫《臺灣詩薈》、〈平臺灣序〉、〈沈斯菴雜記〉、《臺灣詩乘》，除前言外，分六節，首節言「己酉前的沈光文」，謂生於萬曆四十年（一六一二），「約在康熙二十五年（一六八六）前後卒，享壽七十五歲左右。」卒年、壽數與各家所言有異。此節自沈氏出生簡述至南明唐王隆武元年（一六四五，順治二年），投入抗清陣營。

第二節「己酉辛卯間大陸抗清的沈光文」，即唐王隆武元年至桂王永曆五年（一六五一，順治八年），從清兵陷南京，沈氏「豫晝江之役」，臣事福王、魯王，漂泊於閩粵沿海之間，永曆五年，「挈家浮舟至圍頭洋口，……飄泊至臺灣」，《鮚埼亭集·沈太僕傳》的記載，為黃氏所信，他反對《臺灣通史》永曆三年之說。

第三節「辛卯（永曆五年）辛丑（永曆十五年）間荷蘭治下在臺前期的沈光文（一六五一至一六六一）」，在荷蘭統治下，作〈思歸〉六首，極寫客旅之愁。〈野鶴〉、〈菊受風殘〉都為黃氏所引用，言其鄉愁、志節，〈夜眠聽雨〉、〈己亥除夕〉亦復如是。

第四節「辛丑（永曆十五年）辛亥（永曆廿五年）間在臺中期的沈光文（一六六一至

一六七一）」，鄭成功克臺，沈氏詩以頌之（註七）[7]，但對嗣王則有譏評，一般用〈臺灣賦〉證明，黃氏卻以偽作〈平臺灣序〉支持自己觀點，此為其失策處。

第五節「辛亥（永曆廿五年）戊辰（康熙廿七年）在臺末期的沈光文（一六七一至一六八八）」，黃氏謂光文「剃頭變服做和尚」往北鄙，在羅漢門山中結茅以居，黃氏考定是「大武隴山」，他引《諸羅縣志卷一形勝》引《臺灣誌略》云：「大武隴深入邃海。」大武隴與羅漢山僅一山之隔，黃氏說：「斯庵由羅漢門去那裏是極容易的，而與目加溜灣也相距不遠。」（註八）[8]其實沈氏只是穿僧衣，不曾落髮。

黃氏以為到雍、乾時，「斯庵後人已繁衍成族，今於嘉南間當尚有其子孫存者。」（註九）[9]推測而無實證。

第六節「沈光文臺灣文獻開山之功」引季麒光題沈氏雜記詩：「從來臺灣無人也，斯庵來而始有人矣；臺灣無文也，斯庵來而始有文矣。」又引《鮚埼亭集．沈太僕傳》：「蓋天將留之以啓窮徼之文明也。」以證沈氏是開啓臺灣文獻的第一人。認為他最大的貢獻是「引倡的詩風和他的著作對後代方志的影響」黃氏云：「臺灣輿圖考和流寓考，都是關於臺灣的地理和歷史的專門著述。」認為若無沈光文著作，「後代的志書內容可能貧乏，甚至產生都會困難的。」肯定他在臺灣文獻的開山之功。

蘇東岳於民國四十二年於《南瀛文獻》第一卷第二期刊登〈沈光文傳〉，在年代與地點上各有一誤，謂光文來臺時間為一六六二年（永曆十六年），實則為一六五一；又云入「羅漢門山，今之岡山超峰寺」，其實超峰寺在大岡山，屬阿蓮鄉。

民國四十九年洪波浪、吳新榮修，莊松林纂《臺南縣誌稿．文化志．學藝篇》的〈沈光文傳〉謂於一六五二年入臺，八年間「作成臺灣輿地圖考，以備鄭氏攻臺之用」，不知何據？傳中引〈野鶴〉、〈蛙聲〉、〈夜眠聽雨〉、〈己亥除夕〉、〈別洪七峰〉、〈謝王愧兩司馬見贈〉、〈盧司馬惠朱薯賦謝〉、〈齊价人旋禾未及言別茲承柬寄欣和〉、〈別顧南金〉、〈山居八首〉、〈移居目加灣留別〉、〈至灣匝月矣〉、〈曉發目加灣即事〉、〈感懷八首〉敍述，足見對沈詩下過功夫，難能可貴。至於說：「東吟社，原為東都吟社，清人改為東寧詩社，因鄭之東都清改為東寧也。」則取盛成之說，明顯有誤。

同樣是《臺南縣誌稿》，在〈文藝篇．文學章〉也有〈沈光文傳〉，與前傳多重複，所異者，不引證其詩，僅羅列著作書目。

民國八十五年，高賢治主編《臺灣通志》，中〈沈光文〉並無新資料，末云：「文集十卷，錄入『甬上耆舊詩』（「先正事略」）。」未言十卷內容為何。

《寧波市志．人物傳略》說他是「鄞縣櫟社沈光村（今櫟社星光村）人。」依《櫟社沈氏家譜》所載，先世從宋高宗南渡，居鄞，一六五二年（順治九年）至臺，「躬耕隱居東山鄉間，暗捐臺灣海防輿圖與鄭成功。」「今臺南縣善化鎮有光文路、文開橋、斯庵橋。鄞縣櫟社故里存沈氏宗祠。臺北市寧波同鄉會編輯出版《沈光文斯庵先生專集》。」

《鄞縣通志．沈光文》謬誤甚多，如云：「被荷蘭總督邀為賓師，不久憤而離職，隱居鄉間，曾一度入獄。」又云：「遂削髮為僧。」又云：「一六八四年，清兵入臺，福建總督姚啓聖聘沈參與政事，光文力辭不受」，又云：「《臺灣輿地記》」，胡言亂語，全無根據，更可笑的是，沈氏著作有《臺灣輿圖考》，並無《輿地記》，未見其書，胡拼亂湊。

民國八十二年范金民、謝正光編《明遺民錄彙輯》〈沈光文——文光〉將諸羅令季麒光誤作「李麟光」。

至於《斗南沈氏祖譜》全不可信，道聽塗說，毫無根據。

《櫟社沈氏宗譜》卷十八〈贈言上．斯菴公傳〉云：「公之後人，遂居諸羅，今繁衍成族。」確認沈光文後代在當時諸羅縣，今為雲林縣斗南鎮。

評關於沈光文研究

盛成於民國五十年十二月《臺灣文獻》十二卷第四期發表〈沈光文公年表及明鄭清時代有關史實增補〉一文，從壬子年沈氏出生（一六一二）至戊戌（民國四十七年，一九五八），以事繫年，特重時代、背景環境（包含中外），例如沈氏生年，年表曰：「江南倭警，加淮揚田賦」、「金（滿洲）伐烏拉」，又曰：「德帝馬提亞立」、「荷蘭迫害新教徒異端派」，而後記：「鄭鴻逵生」、「顧憲成卒（年六十三）」。

癸亥年（天啓三年，一六二三），光文十二歲，年表曰：「倪元璐、劉宗周講學於紹興。宗周於萬曆卅八年告歸，講學於證人書院，倪講學於始寧書院。張廷賓任覲縣教諭，斯菴公當為張教諭門生。」續言「鄭芝龍渡日」，而後言：「荷蘭又至臺灣」。部份記事為推測之詞。

甲子年（天啓四年，一六二四），缺光文記事，言「鄭芝龍來臺灣」、「荷蘭據臺灣」、「正月，福建巡撫南居益命總兵俞咨皋征澎湖」。庚午年（崇禎三年，一六三〇），光文十九歲，年表只說「中副榜」，到第五則曰：「黃道周起原官，主浙江鄉試，沈延嘉、沈光文與試，延嘉中舉人，光文副榜。」後十則全與光文無關，有輕重不分、喧賓奪主、堆積資料之嫌。

自崇禎四年（一六三一）至八年（一六三五）連續五歲全無光文記事，卻大量記載無關的國內外事件，填塞、增加篇幅。到崇禎九年（一六三六），年表僅曰：「沈光文以明經貢太學。」隨後十九則以數十倍篇幅記錄國內外事件，重點為明廷、滿清、臺灣、荷蘭、西班牙、鄭芝龍、德國、瑞典。

從庚辰（崇禎十三年，一六四〇）到乙酉（福王弘光元年，一六四五）連續六載，全無光文事蹟。唐王隆武二年（魯王監國元年，順治三年，一六四六），光文三十五歲起，事功漸多，所記多南明、臺灣消息。辛卯年（永曆五，順治八，一六五一），光文四十歲，年表謂「經圍頭洋即遇颶風，光文飄來宜蘭。」（註十）[10]

自永曆六年（一六五二）起，年表除記光文行事，並及其詩。永曆十六年（一六六二）移居目加溜灣，「教番人讀書識漢字，又以醫藥活人。」十七年（一六六三），「臺灣賦作於是年」。十九年，「入山為僧，在大崗山半普陀幻住菴」。二十年，「深入羅漢門山中」。二十一年，五十六歲，「〈戲題〉七絕一首，此時髭鬚已白。」二十五年（康熙十年，一六七一），六十歲，「作〈慨賦〉，……自註云：時米價平，余乏錢，需升斗，尚不能繼。」二十八年（一六七四），「自羅漢門山中遷居目加溜灣」。此後沒任何記事，直至三十五年（一六八一）方云：「諸鄭復禮光文如故」，過四載，即康熙二十四年（一六八五），始記「組東吟社」、「季麒光題沈斯菴雜記詩集序及沈文開傳錄於蓉洲文稿。」以外付諸闕如；康熙二十七年（一六八八），僅「光文卒」三字，簡省已甚。

此後從康熙三十五年（一六九六）至民國四十七年（一九五八），凡二百六十二年，略有少數文字與沈氏相關，以外大部份應可刪削。

民國六十八年三月，臺灣銀行經濟研究室編《臺灣文獻叢刊》的連橫《雅堂文集》〈東寧三子詩錄序〉謂蒐集沈光文詩六十九首、張蒼水《奇零草》、徐闇公《釣璜堂詩集》合刻為《東寧三子詩錄》，以作指歸。其〈文開書院記〉云：「文開書院在彰化鹿港街，道光四年，海防同知鄧傳安建，……傳安向慕寓鄞沈太僕光文。而借其敬名之字以名書院。考生僕生平，根柢忠孝，而發憤乎文章。」推崇其志節文章。〈竹如意〉則曰：「斯庵有竹如意一柄，長約二尺，上刻『斯庵』二字，古澤可鑑，今西大龍得於新竹，……大龍為曹洞宗布教師」，是沈氏手澤為佛、俗人士所寶。

民國六十六年（一九七七），寧波同鄉會出版《沈光文斯菴先生專集》，為臺灣最早有關沈氏專集，中有賀仁泰〈鄉賢沈斯菴先生事略〉一文，原刊《寧波同鄉月刊》第六期，強調與土番關係：「沈氏向土人受一廛」、「與土番頗相得」。又說：「其不願受鄭氏官職，實有苦心，……著有臺灣輿圖考等書，關心國事，非以詩賦見志而已，……以醫藥救濟山胞，使與漢族和睦相處，實為德服蠻貊之政治家，……實應立崇祠，薦馨香，以彰其憂勤國事，德化山胞之偉績也。」可謂推崇備至。

民國八十一年（一九九二）一月《文學臺灣》第二十一期，黃得時著，葉石濤《臺灣文學史》實譯自《臺灣文學》第四卷第一號，即昭和十八年（一九四三）十二月春季特輯號，敘及明鄭時期，以沈氏與張煌言為「代表性詩人」，用相當多的文字論述其作品和詩社及影響。〈臺灣文學史序說〉則較簡略。又葉石濤《臺灣文學史綱．傳統舊文學的移植》、《臺灣文學入門．沈光文是誰》則屬簡介性文字。

楊雲萍〈臺灣的寓賢沈光文〉亦刊於《沈光文斯菴先生專輯》也是簡述性文章，將他列於流寓文人之首。

民國七十八年（一九八九）八月，臺北武陵出版社出版廖雪蘭《臺灣詩史》，第一章第一節謂光文於永曆十四年（一六五九）至臺。第二章第二節「臺灣詩社之發展」從沈光文開始，至民國二十六年（一九三七）陰曆正月初二，善化蘇東倡祭沈公；三十七年（一九四八）與洪調水、蘇建琳併浣西吟社、淡如吟社為「光文吟社」，舉行第二次祭典。書云：光文居臺前之詩甚多，然皆焚失，今存之詩皆係隆武以後之作品，共計一百零四首（七言四十一首、五言六十三首），已較連橫蒐集者多，分「感時寄懷」、「艱苦歲月之反映」、「臺灣風物之描寫」、「唱酬」四類簡述。第四章「康熙年間之詩」第一節「康熙前朝詩人」簡述詩社、詩題。

民國八十年（一九七一）六月出版劉登翰、莊明萱、黃重添、林承璜《臺灣文學史》（福州海峽文藝出版社）第二章第二節「沈光文的詩文創作」重點在其作品的鄉愁、貧、餓，斷定〈平臺灣序〉是僞作。

結論

說沈光文是「臺灣文獻初祖」或「海東文獻初祖」，不僅就典籍文化而言，也自保存和傳承的賢者來說，他不僅將漢文化傳播來臺，更可貴的是發揚光大，而自身也研究、創作不停，在臺三十多年，上山下海，由都市而荒野，生活其中，耳聞目睹。觀察調查，作成紀錄，文學、文化、史地、博物、動植、書藝、宗教、教育、民俗、醫藥，無所不學，也無所不知，既研究又傳播，融合族群，與平埔族、漢人、荷蘭人等和睦相處，其行事就是道德倫理的表率。

既為朝野所同欽，是以被揄揚傳播勢所必然，從清初季麒光迄今，自臺灣到對岸中國，時間已三百餘載，空間遍及海峽兩岸。

政治立場不同的首任諸羅縣令季麒光照顧他生活，為其立傳[11]，令人感佩。蔣毓英以降的修志者必為之傳播這位寓賢；全祖望最是有心，託人蒐羅其作，功莫大焉。隨著時代演進，社會開放，言論自由，褒者固有，貶抑之音漸出現，而穿鑿附會者也不少，利用其傳播、研究而表現統獨立場的也多了起來。

由於漸漸熱門，研究者貢獻漸多，但道聽塗說、標新立異、強作解人、斷章取義、堆積資料、抄襲剽竊、無根臆測、歌頌詆毀的也不少。

沈氏逝世後，到民國四十七年（一九五八），二百七十年間，談到他、研究他的不多。

寧波同鄉會於民國六十六年（一九七七）印行《沈光文斯庵先生專集》，為研究者提供了較豐富的資料，其中一篇賀仁泰的沈氏事略，強調與土番的關係，楊雲萍〈臺灣的寓賢沈光文〉雖只是簡述，但列於流寓文人之首，有其見地。

由於地緣關係，善化有「光文吟社」，詩風盛，每年必祭斯庵，研究者也不少，例如蘇東岳、洪濯纓、洪調水、洪景星、應俠民，筆者另有編著，不再贅述。[12]

註

1 沈光文的詩、文、賦、雜記在臺灣都是最早創作的。

2 沈光文最先在臺以中文漢語教育原住民（平埔族）與漢人。

3 沈氏詩不但多出於體驗，其文〈臺灣輿圖考〉是經實地考察丈量的書面資料。雜記十二篇也是目見調查而作，例如〈土番〉種類各異，有土著、海舶飄來、宋末零丁洋敗戰而至的，故「番語處處不同」，因他曾與平埔族相處，對他們服飾、產物親眼目睹。〈臺灣賦〉則歷史、地理、種族、特產、氣候、民俗都是耳聞、接觸而作的。

4 沈光文詩〈吳正甫忽欲為僧，以柬寄賦答〉云：「釋名余早定。」案，法號超光。

5 〈隩草〉十一首其九云：「是衲全留髮。」

6 筆者首編《沈光文全集及其研究資料彙編》，於一九九八年十二月由臺南縣立文化中心出版；二〇一二年十一月又編《沈光文全集及其資料增編》臺南市政府文化局出版；二〇一二年十二月選注《沈光文集》，國立臺灣文學館出版。

7 沈光文〈題赤崁城匾額圖〉云：「鄭王忠勇義旗興，水陸雄師震海瀛，礮壘巍峨橫夕照，東溟夷醜寂無聲。」見龔顯宗《沈光文全集及其研究資料增編》上冊頁四九。

8 見龔顯宗《沈光文全集及其研究資料增編》上冊頁一一〇。

9 參黃氏文註五，同註八，上冊頁一一三。

10 同註八，下冊頁五二。

11 季氏《蓉洲文稿》有〈沈文開傳〉。

12 參龔顯宗《臺南縣文學史上編》（臺南縣政府，二〇〇六年十二月出版）頁一八三至一九一。

臺灣文化的播種者

前言

明末浙東有三遺老，在抗清失敗後，歲數最大的朱舜水乘桴浮於海，成為日本國師；其次為黃宗羲，隱居不仕，撰《明夷待訪錄》，微言大義，啟迪後學，孫中山諸人受其影響，終能推翻滿清；年紀最小的沈光文，遇颶風飄至臺灣，教蕃育民，是文化的播種者。

季麒光曾說：「臺灣無文也，斯庵來始有文矣。」[1]可見光文是臺灣文化的啟蒙師。盛成更認為本島的教育、詩、文、賦都始於沈氏[2]；鄧傳安、連橫也有類似的說法[3]，全祖望以為「志臺灣者，皆取資焉。」[4]沈氏經歷荷人、鄭氏、清朝統治，耳目所及，皆加筆錄，故李元度謂「海東文獻推為初祖。」[5]更難得的是沈光文實踐躬行「富貴不能淫，貧賤不能移，威武不能屈」的儒家文化，成就了「立德、立功、立言」三不朽。本文旨在探討他對臺灣文化的啟蒙與貢獻。

壹、沈光文的生平與著作

光文字文開，號斯庵，自號寧波野老，明神宗萬曆四十年（西元一六一二年）生於浙江鄞縣，以明經貢太學，乙酉（弘光元年、順治二年，西元一六四五年）預於畫江之師，授太常博士，累遷太樸寺少卿，辛卯（永曆五年、順治八年，西元一六五一年）由潮陽航海至金門，閔督李率泰密遣使以書幣招之，光文焚書返幣，挈家浮舟，過圍頭洋口，颶風大作，漂至臺灣。

從宜蘭到臺南，暫時定居下來。辛丑（永曆十五年，順治十八年，西元一六六一年）鄭成功驅荷克臺，以客禮漸他，致餼贈田。翌年，成功卒，子經嗣位，頗改父政，光文作賦以諷，幾至不測，因變服為浮屠，結茅於羅漢門中，遯世參禪。

後至目加溜灣社，教授生徒、蕃童以自給，不足則濟以醫。經卒後，諸鄭復禮之如故。癸丑（康熙二十二年，西元一六八三年）清平定臺灣，諸羅縣令季麒光為之繼肉繼粟，旬日一候門下，與韓文琦、鄭廷桂、華袞、趙龍旋、林起元、陳鴻猷、翁德昌、何士鳳、陳元圖、屠士彥、陳雄略、韋渡等倡組「東吟社」，揚風扢雅，時相唱和，裒而成集，編成《福臺新詠》。

康熙二十七年（西元一六八八年），光文以七十七高齡逝世，有《文開文集》一卷，《文開詩集》二卷、《臺灣賦》一卷、《臺灣輿圖考》一卷、《流寓考》一卷、《草木雜記》一卷[6]。

光文居臺三十餘年，又享高壽，凡登涉所至，如山水、津梁、禽魚果木、佛宇僧寮，無不計載，大者探勝尋源，小者辨名別類，後代方志都取資於其著作，是對臺灣文化影響最早最大的人。

貳、沈光文的家學與師承

光文是陸九淵門人沈煥的後裔，布政使九疇族曾孫。全祖望〈答臨川先生問淳熙四君子世帖子〉云：「楊、袁、舒、沈四公之學皆初於陸子，而楊、沈則兼得之庭訓為多。」（《鮚埼亭集》外編卷四十四）沈即指沈煥而言。

沈煥世一位不尚空談，躬行實踐的學者，他「晝觀諸妻子，夜卜諸夢寐。」能聞過自訟。與呂祖謙、祖儉兄弟，極辨古今，閎覽博考，曾講學於月湖之竹洲，難怪沈光文詩云：「豈疑聖人徒，乃踵吾家美。」（〈曾則通久病，以詩問之〉）。家學與師承是造就沈氏的兩大因素。

沈煥後人在湖西設義莊，至九世孫沈元（字德元）知南陵縣，發帑藏賑濟，全活甚眾，擢監察御史，持正不阿，升湖廣僉事，判大獄，務得其情；至沈汝璋（字君重）鬻產修城；曾孫延祉，知荊門州，有政聲。汝璋族弟明臣，字嘉則，山人本色，為一代詩家，有《豐對樓集》；諸從子姪，相國一貫，方伯九疇與一中，皆從受詩教。嘉則之詩，以初盛唐為宗，反樸還醇，不膠著世事，足見光文詩確是家學淵源。

九疇清廉自持，飲冰茹檗，有規其過甚者，處之自若，子鳳超（字亦凡）萬曆四十一年進士，亦一芥不取；孫延嘉，崇禎進士，教習內書堂，充日講官，規帝以寬厚，謂講無虐煢獨章，帝因而下弛刑之令。延嘉字光運，是光文族弟。大致而言，沈氏家學上溯周敦頤，程顥之深沉，與顏子為近；程頤、焦瑗之篤實，與管子、子思為近；此蓋就道學而言。至其心學，則得於陸九淵，史學則得於呂東萊兄弟，不規規於性命之說，通經史之致用。綜言之，光文家學，以敬為主，以戒慎恐懼為誠意之宗。

若論師承，光文出於張廷賓之門，親接倪元璐、劉宗周；又出錢氏門下，親接馮元颺兄弟。崇禎二年，識黃道周與大滌山房諸同門。

倪元璐字玉宇，號鴻寶，兩次上疏，開新朝之風氣，甲申殉國，其學以易為宗，而在理樹之間；志氣交發，文明日見，尤重力行。

蕺山之學在中庸，在正己克己，主張用人要「先操守後才望」，戒人勿「棄君臣父子朋友，而逃入空門」，故其弟子隱於僧者雖多，但皆有所託而逃，苦行高節，戮力國事。

黃道周字幼玄，號石齋，奉唐王入閩，自請出關殺敵，至婺源被執，不屈遇害，深精於易，為開物成務之學。

光文既受業於張廷賓，傳姚江書院之學；又拜於劉宗周門下，得蕺山證人書院之學；嘗從錢氏學，錢遠祖安，通伏氏尚書；復追隨黃道周，石齋深精於易，辨氣質之非性。

如上所述，光文師承所重在經學，崇尚氣節，不喜空談。家學師承對他日後的道德文章有很大的影響。

參、臺灣詩學始於沈光文

高一萍曾說沈光文在臺灣撒下的種子[7]，的確，臺灣文學自沈光文以詩鳴，簡要的說，他是移民文學、鄉愁文學、遺民文學、隱逸文學、鄉土文學、民俗文學的首倡者。

對沈氏而言，移民文學與鄉愁文學是二而一的。

離開大陸，移居海島，漂泊流浪，思舊懷鄉便成了詩作的主題，其〈懷鄉〉云：萬里程何遠，縈細思不窮；安平江上水，洶湧海潮通。

故鄉成了回不去的異域，海水相通，卻人身阻隔，縈思萬里，徒然傷神而已！

其〈感憶〉云：

暫將一葦向東溟，來往隨波總未寧。忽見游雲歸別塢，又看飛雁落前汀。
夢中尚有嬌兒女，燈下惟餘瘦影形。苦趣不堪重記憶，臨晨獨眺遠山青。

獨眺遠山，心繫家園，游雲飛雁，正如漂泊者的形影。

每逢佳節倍思親，端午也好，除夕也好，只是愈增歸思而已，「久作栖遲貧病兼」，「可奈愁思夢裏添」（皆見〈思歸〉六首之六）但戰爭阻絕了歸路，「任我窮留日月老」，「前路茫茫且問天」（皆見〈偶成〉）故園僅能在睡時浮現，「夢裏家鄉夜夜還」（〈至灣匝月，贈徐孚遠〉）對人情深，對物亦然，〈葛衣吟〉曰：

歲月復相從，中原起戰烽，難為昔日志，未能一時綜。故國山河遠，他鄉幽恨重，葛衣寧敢棄，有遜魯家傭。

他從紹興出逃，常穿葛衣，到了臺灣，仍不忍也捨不得丟棄，對物如此情重，故鄉的親友怎能令他忘卻？

在遺民文學中，光文表現了他的忠貞狷介，〈泳籬竹〉便借物以喻志：分植根株便發枝，炎風空作雪霜思，看他儘有參天勢，只為孤貞尚寄籬。

孤貞寄籬，這分明寫的是自己的堅貞與困窘。

眾醉獨醒，他關心的是「王業幾時興」（〈寄跡效人吟〉六首之五），但有志難伸，所謂「未伸博浪志，居此積憂忡」（〈陝草〉十一首之十）他勉勵自己要節義自守，「冠裳不可毀，節義敢輕刪？」（〈陝草〉十一首之五）「採薇思往事，千古仰高蹤」（〈感懷〉八首之二）「晚節慎無乖」（〈陝首〉十一首之二）菊花成了「晚節」的象徵，所謂「時當晚季傲為真」（〈和曾體仁賞菊分得人字〉），隱逸是最好的出路，其〈題洪七峰〉云：鷺鳥初來便識君，東山又共學耕耘，髮膚無恙悲徒老，著述方成悔欲焚。忽作閒心同倦鳥，俄焉長揖別高雲，從今只合言于野，理亂都將置不聞！

不問政事，掃葉烹茶，逃纏誦經，〈山居〉八首是其隱逸文學的代表作：「歸雲共鶴還」（其一），「未能支廈屋，祇可託漁樵，冀作雲中鶴，來聽海上潮。」（其三）鶴是高士光文的化身，再觀其〈野鶴〉二首：

獨得孤騫趣，難違天性真；優游俯仰適，愛惜羽毛新。高與煙霞狎，廉為雁鶩嗔；朝遊蒼海表，夜唳鷺江濱。

骨老飛偏健，身閒瘦有神；已知增繳遠，幾閱雪霜頻。舞月寒流影，依松靜絕塵。乘軒爾何事，翻欲賤朱輪。

優游自適，是他的天性，第二首頭聯分明是夫子自道，鄙棄軒冕，弁髦富貴，他是真的做到了。

陶潛是他仰慕的對象，「但使身無累，毋令世有權」，（〈吳正甫忽欲為僧，以柬寄賦答〉）遺民文學與隱逸文學在他詩裏得到最大的調合。

在臺灣居住日久，對民情風俗產物既寓之於目，耳熟能詳，自會筆之於詩，試讀下列數首：

〈番婦〉

社裏朝朝出，同群擔負行，野花頭插滿，黑齒草塗成。賽勝纏紅錦，新粧掛白珩；鹿脂搽抹慣，欲與麝蘭爭。

〈番柑〉

種出蠻方味作酸，熟來包燦小金丸，假如移向中原去，壓雪庭前亦可看。

〈番橘〉

枝頭儼若掛疏星，此地何堪比洞庭，除是番兒尋得到，滿筐攜出小金鈴。

〈椰子〉

殼內凝肪徑吋浮，番人有法製為油；窮民買向燈擎用，卻為芝麻歲不收。

〈釋迦果〉

稱名頗似足誇人，不是中原大谷珍，端為上林栽未得，只應海島供安身。

歌詠熱帶的特產，〈番婦〉描繪了原住民的妝扮與勤勞，〈番柑〉、〈番橘〉、〈椰子〉、〈釋迦果〉都是〈釋迦果〉末二句別有所指，話中有話，弦外之音耐人尋味。

其他如「朱薯」、「凍頂茶」等物產，「赤崁城」、「安平」、「目加灣」、「新港」等地名的出現，都足以證明沈光文把鄉土與民俗當做詩的題材。

更難得的是他在康熙二十四年（西元一六八五年）與季麒光等十四人組成了臺灣第一個詩社—東吟社，播下了詩的種子。

肆、臺灣賦學始於沈光文

沈光文著有〈臺灣賦〉、〈東海賦〉、〈檨賦〉、〈桐花賦〉、〈芳草賦〉，現雖僅存〈臺灣賦〉，但影響臺灣賦學很大，這篇賦以「臺灣遐島，赤崁孤城，門名鹿耳，鎮號安平」四句開端，繼言其地理位置：「長亙兩粵之前，屹立七閩之外，東南側日本之舶船常通，西北則會稽之關梁可數。海壇、滃水，北向之方隅；南澳、銅山，西流之門戶。邇連呂宋，遙望暹羅。」次言荷蘭盤據經商，鄭成功收復臺灣，崇文廟，葺祠宮，經營開發，又言氣候、物產、風俗。國姓爺物故後，「鄭錦僭王，附會者言多諂媚，逢迎者事盡更張。般樂之事日萌，奢侈之情無饜，橫征浪費，割肉醫瘡，峻法嚴刑，壅川弭謗，主計者所用非所養矣，所仰非所用矣。」抨擊鄭經嗣位不合於正統、法制，政治舉措倒行逆施，已植下衰亡的禍根。

這篇賦提到臺灣的種族、歷史、地理、戰爭、山川、特產，並對時事加以評論，善諷善諫，做到「詩人之賦麗以則」的要求，對後世影響很大，是作臺灣賦者之藍本，如林謙光、高拱乾、張從政、陳輝、王克捷等皆加祖述模擬，就是季麒光的「客問答」也有取資。

以高拱乾所作為例，在歷史方面，從洪荒時代敘至荷蘭、鄭氏、清朝；地理則山川、草木、蟲魚、花鳥；民生則「戶滿蔗漿兮藝五穀，地生風沙兮群游麋鹿，厭五畝之宅不樹桑兮，任三家之村而亦植竹，道無遠近兮肇牽牛車，人無老幼兮衣帛食肉。」一幅安和富庶的畫面躍然紙上，筆法、內容雖與沈光文不盡相同，受其沾溉則不容否認。

再以王克捷的〈臺灣賦〉為例，其篇幅雖多達二千餘言，較沈光文所作為長，但所述者亦是歷史、地理、山川、物產、風俗、飲食、工藝，其內容與沈作大致相同，倒是林謙光的〈臺灣賦〉以四言為骨幹，用韻精密，寫原住民部份，遠勝沈作：「文身番族，黑齒裔蠻，爛滿頭之花草，拖塞耳之木環；披短衣而抽藤作帶，蒙鳥羽而編貝為鞶。」除以〈臺灣賦〉為題者外，尚有陳輝的〈臺海賦〉，張從政的〈臺山賦〉，王克捷的〈澎湖賦〉，卓肇昌的〈鼓山賦〉、〈鳳山賦〉、〈三山賦〉、〈龍目井全賦〉，都是以地名篇的作品。

沈光文以花草果木為題的賦現在雖已亡佚，但確影響後代賦家，譬如朱仕玠〈夾竹桃賦〉，卓肇昌〈刺桐花賦〉，林翠岡〈秋牡丹賦〉，都可看出本島賦學的源遠流長。

伍、臺灣古文始於沈光文

賦作而外，〈平臺灣序〉一般認為非光文所作[8]，故本節言其〈東吟社序〉。

「東吟社」是臺灣第一個詩社，華袞以光文為長，請其作序，序中有云：「閩之海外有臺灣，即名山藏中輿地圖之東港也。自開闢以來，不通中國，初為顏思齊問津，繼為荷蘭人竊據。歲在辛丑，鄭延平視同田島，志效扶餘。傳嗣及孫，歸于聖代，入版圖而輸賦稅，向所云八閩者，今九閩矣。名公奉命來蒞止者多，內地高賢亦渡海來觀異境。余自壬寅將應李部臺之召，舟至圍頭洋，遇颶漂流至斯，海山阻隔，慮長為異域之人，今二十有四年矣。雖流覽怡情，泳歌寄意，而同志乏儔，才人罕遇，徒寂處於荒野窮鄉之中，混跡于雕題黑齒之社。何期癸甲之年，頓通聲氣，至止者人盡蕭騷，落紙者文皆佳妙，使余四十餘年拂仰未舒之氣，鬱結欲發之胸，勃勃焉不能自已，爰訂同心，聯為詩社。」述及組社緣起後，又云：「人喜多而不嫌少長，月有會而不辭風雨，分題拈韻，擇勝尋幽。金陵趙蒼直乃欲地以人傳，名之曰福臺閒泳，合省郡而為言也。初會，余以此間東山為首題，蓋臺灣之山，在東極高峻，不特人跡罕至，且從古至今，絕無有題泳之者，今願與諸社翁共刱始之。……各攄性靈，不拘體格，……隔江薦紳先生亦必羨此蠻方得此詩社，幾幾乎漸振風雅矣！夫龍山解嘲可補，金石失序又傳，茲社友當前，詩篇盈篋，使無一序以記之，大為不韻。」將《福臺新詠》取名緣由與編纂經過說明，並指出立社宗旨與抱負。

明亡之後，遺民不逃於禪，則託於詩，詩社之立，除以文會友外，還可切磋琢磨，互通聲氣，保存民族文化，「東吟社」的成立，不僅為臺灣播下詩的種子，也播下民族文化的種子。

據《臺灣通史》卷二十四〈藝文志〉表三著錄，光文曾著《文開文集》一卷；卷二十九〈諸老列傳〉著錄，光文有《文開詩文集》三卷，可見有很多篇文章亡佚了，臺灣的古文創作從他開始是千真萬確的。

陸、臺灣地理研究始於沈光文

沈光文的〈臺灣輿圖考〉是研究臺灣地理最早的一篇文章，首云：「赤崁為荷蘭之城，臺灣乃紅毛下府。」謂其地之近者，有南社、二林、新港、蕭隴、目加溜灣、到咯國、麻豆、大武隴、諸羅山；遠者有阿里山、奇冷岸、打貓社、大居佛、他里霧、猴悶、柴裡、斗六、西螺、東螺、麻芝干、馬芝遴、大突、半線、大肚、亞東、大武郡、南北投、牛罵、貓霧抻、蓬山、新港仔、竹塹、雞籠、淡水、大傑顛、加六堂、小琉球、卑南七十二社、直腳宣三十六番。里有文賢、仁和、永寧、新昌、仁德、依仁、崇德、長治、維新、嘉祥、仁壽、武定、廣儲、保大、新豐、歸仁、長興、永康、永豐、新化、永定、善化、感化、開化，共二十四里。坊有東安、西定、寧南、鎮北四坊。南路五百三十里，起自赤崁城，南行一百四里赤山仔，八十里上淡水社，二十里下淡水社，十五里力力社，十五里加藤社，六十里放綀社，八十里洛加堂，一百一十里瑯璠。北路二千三百一十五里，亦起自赤崁城，北行四十里新港社，五十里麻豆社，九十里諸羅山，一百里他里霧，一百二十里大武郡，六十里半線，一百一十里水里社，三百里大甲社，一百四十里房里社，一百三十里吞霄社，一百三十里後隴社，二十里新港仔，四十里中港仔，一百里竹塹社，二十里眩眩社，二百里南嵌，八十里八里坌社，過江十五里淡水城，三十里奇抱龜倫社，六十里內雞州，十里大屯社，四十小雞籠跳石，一百五十里金包里外社，十里金包里內社跳石，二百里雞籠頭，過江二十里雞籠城。船隻一日至三朝社，三日至蛤仔難，三日至哆囉蹚，三日至直腳宣。

以上是沈光文言臺灣的幅員道里，雖不完備，卻是他親身閱歷考察的成果，給後來寫方志的人提供了最寶貴的資料，可惜的是對於山川產物與民情風俗缺乏記載，至為可惜。

柒、臺灣教育始於沈光文

光文來臺之前，荷蘭人雖在新港社，目加溜灣社、蕭隴社、麻豆社、大傑顛社設教堂與小學，但僅限於宗教教育、語文教育；光文在教學內容方面則包括了語文與經、史、子、集，《臺灣通史、教育志》云：「沈光文居羅漢門，亦以漢文教授番黎。」全祖望《鮚埼亭集》也說：「山旁有目加溜灣，番社也，公於其間教授生徒。」黃典權認為沈氏懂得番語，「教授蕃徒這件事更是臺灣地方教育史上別開生面的重要事情。」[9]可見對原住民教育，光文是有貢獻的。洪冰如謂其以閩南語教學，學生漢番子弟都有。[10]

西元一六六二年，他建議鄭成功設學校，而嗣王鄭經則遲至一六六五年才建聖廟、設學校，課生徒以經史文章。

捌、立德、立功、立言三不朽

立德、立功、立言三者有一足以不朽，而沈光文則兼而有之。

就立德而言，他從事反清復明運動，不事異族，焚書返幣，拒閩督李率泰之招，淡於榮利，以賦諷勸鄭經，做到了「富貴不能淫，貧賤不能移，威武不能屈」的大丈夫標準，又化番授徒，濟之以醫，具備儒家民胞物與的胸懷。

就立功來說，他在臺灣教育、文化、學術方面都有開創推動之功。

就立言以論，他的著作包含了文學、地理、歷史、博物、社會學，對後來方志影響很大，被推為海東文獻初祖。

此外，光文曾撰〈流寓考〉，為史學著作，惜已亡佚；又因逃禪於羅漢門，一六六五年在大岡山普陀幻住庵（今超峰寺）為僧，法號超光，被尊為佛教始祖。[11]

結語

道光四年，臺灣北路理番同知鄧傳安，倡建鹿港文開書院，主祀朱熹，享配八人，首即為沈光文，其〈從祀議〉云：「考太僕生平，根柢於忠孝，而發憤乎文章，其鄉人全謝山，……謂咸淳人物，天將留之以啟窮徼之文明。今之文人學士，可不因委溯源歟？」文雖短而論甚確，「根柢於忠孝，而發憤乎文章」二句褒揚了沈氏的德行事業，「啟窮徼之文明」指出他對臺灣的貢獻。筆者斯篇之撰，正是「因委溯源」，肯定他是臺灣文化的播種者。

註

1 〈題沈斯庵雜記詩〉，見《諸羅縣志》。
2 其〈荷蘭據臺時代之沈光文〉云：「余以為臺灣之教育，實始自沈供教學社始，繼荷人而教以漢字也。而臺灣之文獻，始於沈公之〈臺灣輿地圖考〉，成於荷治時代。臺灣之賦，始於沈公之〈臺灣賦〉，亦當起草於荷治時代，成於延平之死後。臺灣之詩，始于沈公之〈寄跡效人吟〉，亦成於荷治時代。」
3 鄧氏為光文在鹿港建「文開書院」，其〈開院記〉云：「以論海外文教，肇自寓賢鄞縣沈斯庵太僕光文字文開者。」見《彰化縣志》。《臺灣通史》卷十一、〈教育志〉云：「沈光文居羅漢門，亦以漢文教授番黎。」卷二十四、〈藝文志〉云：「臺灣三百年間以文學鳴海上者，代不數睹，鄭氏之時，太僕寺卿沈光文始以詩鳴。」
4 《鮚埼亭集》〈沈太僕傳〉。
5 《先正事略》〈沈斯庵事略〉。
6 此據《臺灣通史》卷二十四、〈藝文志〉表三之著錄，又卷二十九、〈諸老列傳、沈光文傳〉云：「著有臺灣輿圖考一卷、草木雜記一卷、流寓考一卷、臺灣賦一卷、文開詩文集三卷。」
7 〈沈斯庵與臺灣〉，《沈光文斯庵先生專集》，頁一八五。
8 盛成曾為〈平臺灣序〉作註，謂從文體與文氣而言，「不倫不類」「似粗知文義而不知文格者，中有雅詞，忽參鄙詞，語病之多，盈篇累牘，多必不可存之語句，皆出自作偽者之手，其藍本則為沈氏原著臺灣輿圖考與臺灣賦。」又其〈荷蘭據臺時代之沈光文〉云：「今傳平臺灣序，乃係贋品，由范咸將臺灣輿圖考與臺灣賦合而為一，加上施琅之飛報澎湖大捷，改頭換面，而成為沈光文之平臺灣序，冤栽枉也。」彭國棟《廣臺灣詩乘》亦云：「後人以臺灣府志有臺灣序一篇，記名作斯庵作，序中詆斥鄭氏，諛美滿清，遂謂其晚節不全，而不知沈太僕傳詳列斯庵著述，並無臺灣序，其為假託無疑也。」一般學者多認為偽作，但黃典權〈沈光文〉一文則謂為沈作（見《臺南文化》二卷三、四期〈沈光文〉）。
9 〈沈光文〉二卷三、四期，一九五二年。
10 〈沈公光文在目加溜灣設教學時情況之探測〉，《沈光文斯菴先生專集》，頁三七二，寧波同鄉月刊社，臺北，一九七七年三月。
11 〈培植鹿港文人的搖籃——文開書院〉，同註十，頁三六九至三七〇。

善書式的短篇小說集──《池上草堂筆記》

前言

師法紀昀《閱微草堂筆記》的《池上草堂筆記》，作者是梁恭辰，體式風格內涵近似，由於因果報應觀念太強，文字學養又不如紀氏，藝術價值相對減低，中國小說史、筆記小說史皆不曾提及[1]，筆者閱讀之後，草此文以誌感。

一、梁恭辰生平與書之梗概

梁恭辰（一八一四─？），字敬叔，福州人，章鉅之子。道光十七年舉人，官至浙江溫州知府，喜遊歷，足跡幾遍中國。有《北東園筆錄》廿四卷，內含《勸戒近錄》、《池上草堂筆記》，後者取乾隆以降因果吉凶之事論證，凡五百八十七則。

每則或述一事、二事，有多至三，四、五、六件者，內容涵蓋行善、作惡、貪慾、戒殺、果報、科舉、夢兆、福佑、官場、神壇、鬼魅、冥間、商界、俠客、牲畜、術士、騙子、書生、僧尼、道士、神明、風俗、風水、地理、狀師，三教九流，天上地下水中無所不包，地域除中原外，遠及邊隅、海外。茲先言臺灣。

二、臺灣

《池上草堂筆記》八四則〈曹循吏〉言曹謹字懷樸，中河南解元，為「寶應朱文定公及陳恭甫編修所取士」[2]，宰閩縣時「有循聲」，是第一廉能吏，斷獄明快。

一日，途中遇兩人爭辯，原來是一人拾銀五十兩，不昧，等候失主，失主謂失百兩，尚有五十，「欲訛詐也。」

謹問失銀者：「汝所失銀實是百兩乎？」曰：「然。」又語拾銀者：「渠所失係百兩，與此不符，此乃他人所失，今其人不來，汝姑取之。」失銀者嗒然若喪。如此斷案，既明快又寓懲戒意味。

謹面貌枯槁，少鬚眉，「相者謂其終身無子」，但到了五十多歲卻生一男，「且擢淡水同知」[3]，可說是廉明之報。

《筆記》一九四則〈貞女奇遇〉言林爽文之變，鳳山陳女「為賊所掠，逼之不從，鬻於鎮卒，復堅自守。」官軍醵金，為她贖難。民讚她堅貞，爭欲娶之。「忽其友某贖一童子，至，詢之，即陳之議配夫也。」第二天，「贖一嫗至，乃陳之母也。」繼贖一嫗，「則陳之姑也。」俄兩老人「覓妻踉蹌至門，即陳之父及童子之父也。」[4]既團圓，遂合巹。此守貞而獲善報之徵。

乾隆中，臺灣總兵顏鳴皋巡海，衙門事委表親楊奇，好謔，「即出總兵袍被體，傳呼材官排衙吹打，奇將就官座，忽仆地不省人事。」（二一六則〈神批偽官〉）昏臥三四日，及瘖甦，說：「似有二金甲人舉掌批其頰」，傷痕終身深黑。梁恭辰引《寒梧埜錄》云：「凡任封疆者，皆有煞神直宿擁護。」

二三〇〈則楊啓元〉載楊氏原籍同安，為一寒士，入臺灣嘉義學課讀。嘉慶庚午重修文廟，他捐全年館金百圓，「是科秋闈報捷，……其子經復受知於學使者游邑庠」，家計因而漸裕。同則又記道光庚寅，彰化重修文廟，梁濟以重貲倡首，修葺完繕，明年辛卯，中式第五十二名，「夫至聖咸知尊敬，然至揮金倡義，則每觀望不前，此關參不破，到底非福人」[5]捐款倡義，必獲神庇佑。

二三三則〈不敬天怒〉敘乾隆甲戌，臺灣大風，瓦屋皆鳴，兒童罵風伯不仁，「忽被狂風吹仆，神色大變，而口眼已歪斜矣。」作者認為日虧月食，迅雷烈風，怪雲變氣，「此皆陰陽之精，其本在地而上發於天，古來天子尚須修德修刑，以體天意，即聖人亦有必變之文，豈微末民人顧可肆其憤罵乎？」敬天畏神，修德修刑，是作者再三強調的。

四二九則〈臺灣唐某〉記其販糖獲利，有「糖叟」之稱，中年病瘵而卒，「妻尚少艾而無子」，族姪年少俊美，覬覦其財，百計挑逗，「遂通焉」，立其為嗣。後值陳辦之亂，「全家遭戮，其姪某獨橫屍路衢云。」足為鑒戒。

一四六則〈某太守〉記道光中某太守，刑名起家，以同知分發至閩，「洊擢太守，小有才，為制府所倚任，雖補有本缺，實經年在省審案也。」常招搖恐嚇，省中官無不側目。臺灣戕官案，「制府命隨往，獲犯百六十餘人，制府初欲分別辦理」，但他力主全數斬首。內渡，甫登舟，見鬼無數，「急登制府舟，乃免」。

三〇八則〈顏軍門〉云顏鳴皋是粵東梅州人，性豪雋，「相士謂其他日當以長鎗大劍取功名，顏嗤其妄」，三十居父喪，孝服未終，應試被斥，遂「棄所讀書習騎射，越歲即能穿札超乘，一試冠軍，遂登武科」。

公車北上，途中救垂斃者朱某，「親視湯藥」，不久朱歿，為殮埋，「封識而去」。比入場，登上第。「後歷任海疆，至福建臺澎鎮署、水師提督。」6

二六一則〈李二夫婦〉言臺灣鎮某總戎，有僕李二，福州人，娶妻張氏。「李二科歛刻薄，頗有家資」，張氏「驕悍酷虐」，撻二婢，「日給一盂粥，饑凍不可忍，屢欲外竄，以鍊鎖之」，磨滅卒，未幾，張氏「恍惚見二婢索命而死」。

年餘，張氏見夢於夫，謂冥王罰其為牛，求明日至市中買一白項牛，免被他人烹宰。夫購歸，「放逸不治耕，常奔與鄰牛媾，且飼必飯，與以草，即踐踏門窗器皿」。鄰人飼以毒藥，李二藁葬，鄰竊剝皮。作者嘆曰：「死隨畜道，猶怙惡不悛，卒不免於剝皮之慘，能無懼歟？」7

三、科舉

科舉是古代士人必經之路、進身之階，梁恭辰認為順利與否，和行善作惡有關，一〇八則〈棘闈遇鬼〉記乾隆己亥鄉試首場三怪事，某考生交卷，忽發狂出闈，入市遇人輒搏擊。另一考生領卷入號舍，「忽狂叫曰：『我只能為呈辭，使人相攻陷，胡強我作八股藝為？』」第三件是推字號泉州某生日將夕時，「大叫疾趨出號舍，號軍四五人挽之，不可得」，目直視，雙手與鬼搏，盡腫。作者說：「夫作不善者，方自謂無人知覺，幸免刑誅，而孰知冥冥之中，乃於大庭廣衆顯示其報可畏也。」8

二四三則〈吳元長〉記吳氏籍隸金門，家巨富，告貸者有求必應，「或百金，或數百金，積券盈篋」，病中，召逋債者，「詣視焚券，示不責債也。」又捐數千於浯江書院。道光庚寅，長子漪瀾赴郡應院試，恰是書院開課題「東里子產」，若有神助，一揮而就，遂入邑庠。

四五二則〈吳探花〉記仁和人吳築巖（福年），諸生，於道光乙未年四月初二晨，由所居缸兒巷，過水漾口河干，見老婦投水，急喚輿夫拯起，蓋與媳口角輕生，勸釋，送回。「是年即膺秋薦，旋成乙巳進士一甲第三人」，丙午至貴州主試。

五〇五則〈試卷燬名〉敍嘉慶丁卯，浙江鄉試，「點名日，三場俱值大雨，……錢塘張某於人叢倒地，為履齒踐踏，以致慘殞」。黃霽青應鄉試，另武康王姓者亦應試，「十四日，黃晚歲方熟，欻見一披髮女子，掀帘撲壓，王聞驚呼喚，黃覺知夢魘耳」，俄頃，王亦魘喊，與黃所見同。

中秋夕，黃未瞑即寐，夜半聞王啃曰：「誤矣！」卷面被蠟煤燒一孔。未幾，呼聲更厲，「卷面燒痕，細如線香，而姓名燬矣」，乃涕泗而出。作者論曰：「意者紅蓮幕下，有以召游魂之變耶？」還是認為因果報應。

四、孝

有道是：「百善孝為先」，作者再三強調孝敬父母，必有福報，四二六則〈章邱孝子〉記章邱陳孝子，磨鏡為生，四十二歲，未娶，母年六十六，他「先意承志」。母犯股疽，徹夜呻吟，他扶侍不倦，一年有餘。醫師謂無藥可治，吮之痛可略減，「孝子即每日口吮數次，不以為穢」。甘旨供母，己食糠粃，「後其母身登上壽，家亦小康，孫且登鄉薦矣。」以此見證人子須孝養父母。

一七〇則〈鬼畏孝子〉敍吳中屠者劉四，中年積數千金，「遂納監列衣冠」，但惡習難改，「日與諸惡少飲博惡噱」，而事母至孝。一日與友打賭，止宿鬼屋。一鬼云：「劉孝子在內，我輩止可露宿。」衆鬼相逐而退。

四六九則〈大魁出孝子家〉記秦簪園（大成）修撰，幼失怙，事母孝，「躬啖藜藿，事母必甘旨」。吳縣張西峰（書勳），亦以孝聞，乾隆癸歲元旦，張母夢金甲神曰：「汝子孝行素著，今春固當大魁天下，但嘉定秦某之孝尤篤，且貧甚，當先秦。」秦果大魁，「次科丙戌張亦臚唱第一。」[9]

一八四則〈孝媳〉記紹興山陰縣雙奔地方，祝姓老翁鰥居，孀媳多病，至孝，接妹來家代為服侍，勸妹嫁翁，「連舉三子，皆讀書入泮成名，翁年九十餘卒」，人謂孝媳感天。但以妹配翁，輩行年歲不相稱，作者讚美，不僅迂腐，且未通情達理。

二一二則〈孝力〉記乾隆間彰德府，一馬軍曰馬皮條，奉寡母孝謹，禱於關帝廟曰：「貧無以養，願神賜之力。」是夜夢神命「周將軍拍其肩背，遂勇力絕人。」市豪綠林無不避其鋒。迨母死，「其力頓減如初」。作者以此證實孝可產生神力。

三四九則〈天賜孝子米〉記道光二十七年七月，張叔未佃農，極貧苦，「食常不給，因與妻謀以飯為母饔，而己與妻食粥」。偶無飯而進粥，母不食，傾於廁，「俄而雷殷然作，母懼跪於庭」，子婦如廁取出，「以水潔之，相對食訖，隨同跪叩」，為母解免。俄而雷又震，「自天降米二十四石，堆積院中」，孝子視米囊所書字號，即叔未先生囷倉之物，欲返歸於主，主曰：「此天賜孝子者，非吾物也。」不受，人兩義之。正是孝感動天。

相對的，不孝必招禍災，二四一則〈不孝極惡〉記廈門道署，有客陳某，「暴厲居心，而善權子母，一出十償，以是成家。」不孝，指使老母，「若奴隸然」，一日腹惄，厲聲曰：「炊一頓飯尚不能，不死何為？」言訖，天黑風雨驟至，一聲霹靂，某已震死，面有字云：「不孝極惡之報」[10]時為道光八年四月。

四三三則〈逆子〉記吳門葑溪沈某，「其叔擁厚貲而無子，死遂立某為嗣」。某不善事嗣母，浪游不顧家，「及嗣母卒，草草殯殮，停棺不葬者至十餘年，並歲時祭祀亦忘之。」一夕鬼嘯，忽見叔祖母以梃擊，立死，家貲蕩然。

又記常熟諸生鄭宗臣，舉一子，年方十五六，「習為不善，宗臣惡之，子亦苦父之拘束也，乃取墨匣改為小棺，捏泥像置其中，題曰：清故邑庠生鄭宗臣之柩。」埋於庭前，甫畢，忽騰躍，痛哭，氣遂絕。

以上數則，用以證明孝者必獲天佑，不孝則受神鬼誅罰，果報不爽。

五、淫報

萬惡淫為首，八九則〈淫報〉記楊雪椒（慶琛）光祿「在山左藩任」，聞幕賓云每歲泰山進香，士女如織，有男女「於半山僻處苟合，旋為人撞見，方思逸去，而下體已聯為一」，觀者愈眾，知是叔嫂。家人舁回，「活埋之」。作者論曰：「夫人生一舉一動，皆有鬼神鑒察，況名山顯赫之區，而敢不顧倫常，肆行淫穢，得不受此惡報乎？」

二三八則〈淫報〉記泉州陳姓士人，力學而有文名，「但性好淫，善詼諧。院試日，「四體若為重物所壓，昏聵不知所為，或落題字，或墨污卷，或潦草不成文理」，被黜，憂忿成疾。

嘉慶庚辰上郡應試，疫症傳染而卒，年僅二十七。

五〇二則〈犯淫〉記道光甲午，湖南鄉試，一士子題律詩於明遠樓云：「千里來觀上國光，卷中暗被火油傷。半生只為淫三婦，七屆誰憐貼五場？始信韶顏為鬼蜮，悔從驀地結鴛鴦。寄語有志青雲士，莫道閒花艷且香。」足為犯淫者戒。

四〇七則〈誤姦之報〉記吳門王姓士人，「除夕夢觀天榜，已中六十七名，……是夕金陵寓王夢亦同。及省試諸來寓者，皆不納。見王至，姓名相符，告以夢，厚待之。王益自信必售。」發榜無名，禱於城隍廟，夜夢神叱曰：「奈汝竟姦母姨，故奪汝籍。」王泣辯無有其事，神斥其宿娼乃表母姨，「雖出於不知，然淫為首惡，復可差誤耶？」王驚悟悔恨死。

四〇六則〈酷淫之報〉記浙中某紳，寓居吳門，御下殘忍，復好淫，婢媼無不遭汙狎者，「稍有不遂，則褫其下衣，使露雙股」，一箠數十，或以烙鐵燙胸、繡針刺背、剪刀剪舌、木枷枷頭，甚者用鐵鏈鎖足於石，使之掃地。「大吏知其事，下太守窮治之」，其家遂破。

作者認為淫書亦不可觀，三七三則〈上洋童子〉引汪棣香（福臣）《勸燬淫書徵信錄》云：「上洋一童子，……束髮受書，即不為無益事」，焚淫書，拾字紙灰，「得元寶兩隻」，患劇症，群醫束手，神救而癒，「此道光丙申二月事」。

汪氏又云：「乾隆末年，桐鄉一士，好閱淫書」，其子伺父出，即偷窺，「纏綿思想，琢喪眞元，患癆瘵卒」，父慟，亦卒。

某邑書賈，刻淫書，「及奉宮畫像」，銷路佳，「積資至四五千金，不數年被盜席捲而去，而目旋盲，所刻諸版一火盡燼，及死棺斂無措，妻子離散，皆編淫書之報。

三七四則〈西廂記〉引汪棣香之言：「施耐庵成《水滸傳》，奸盜之事描寫如畫，子孫三世皆啞。金聖歎評而刻之，復評刻《西廂記》等書，卒陷大辟，並無子孫。蓋《水滸傳》誨盜，《西廂記》誨淫，皆邪書之最可恨者。而西廂記以極靈巧之文筆，誘極聰俊之文人，又為淫書之尤者，不可不燬。」

汪氏謂《西廂記》成於二人之手，首位編至「碧雲天，黃葉地，西風緊，北雁南飛」，忽仆地嚼舌而死，後半另一人續成。汪氏又曰：「作西廂記者，乃心貪鶯鶯之色，而求之不得，乃編造蜚語以誣鶯鶯。」復云乾隆己酉科會試詩題「草色遙看近卻無」，同鄉一孝廉「卷已中矣，因詩中有『一鞭殘照裏』句，主司指為引用《西廂記》語，斥不錄。」汪氏所言，不知何據，梁恭辰無法查證，引用以支持己說，無說服力。

三七五則〈紅樓夢〉云：「乾隆五十年以後，其書始得相傳為演說故相明珠家事，以寶玉隱明珠之名，以甄（眞）寶玉、賈（假）寶玉亂其緒，以開卷之秦氏為入情之始，以卷終之小青為點睛之筆，摹寫柔情，婉孌萬狀，啓人淫竇，導人邪機」[11]，後有《續紅樓夢》、《後紅樓夢》、《紅樓後夢》、《紅樓重夢》、《紅樓復夢》、《紅樓再夢》、《紅樓幻夢》、《紅樓圓夢》諸刻，「原書實為厲階，諸刻特衍誨淫之謬」。12

滿洲玉研農（麟）謂《紅樓夢》串成戲齣，演作彈詞，觀者感嘆，但他認為誣蔑滿洲人，可恥可恨，「我做安徽學政時，曾經出示嚴禁，……有一庠士，頗擅才筆，私撰《紅樓夢節要》一書，已付書坊剞劂，經我訪出，曾褫其衿，焚其版，……那繹堂先生亦極言紅樓夢一書為邪說，詖行之尤，無非蹧蹋旗人，實堪痛恨。我擬奏請通行禁絕……此書全部中無一人是眞的，惟筆之曹雪芹，實有其人，然以老貢生槁死牖下，徒抱伯道之嗟，身後蕭條，更無人稍為經恤，則未必非編造淫書之顯報矣。」迂腐的道學家以憎恨的態度加以排斥，不悉《紅樓夢》主旨。

三七六則〈淫書版〉又引汪棣香之言曰：「蘇揚兩郡城書店中，皆有金瓶梅版。蘇城版藏楊氏，……雖銷售甚多，而為病魔所困，……娶妻多年，尚未育子」，友人勸其毀版，楊立劈焚，「自此家無累病，妻即生男，數年間，開設文遠堂書坊，家業驟起。」揚州版為某書賈所藏，以此獲利，「人屢戒之，終不燬，……某在寓中忽病，……竟死舟次，……屍面腐壞，蠅蚋紛集，血水湧溢，竟不能殮」，有儒士捐金買版，始就燬於吳中。

綜本節所述，作者勸人不可有淫念淫行，淫書亦不可觀，尤不可刊行，其閉鎖的道學觀壓制了文學藝術，加上政治權威，禁書令至近年方歇。13

六、惜字

惜字一念從文盲到知識份子都未衰歇，二〇六則〈鬼打牆〉記杭城人蔣味村（承培）言某甲種菜為業，「平生惜字，遇街路牆壁所貼告示招紙，為風雨飄搖欲墮者，檢藏回家，彙焚惜字社洪爐中」，這善行至九十餘歲一直持續。一夜遇祟迷路，奔至三更，「輒遇牆阻」，即俗說鬼打牆。忽似有紙飄搖，即揭取，「頓覺手中發光隱約，知是村中社廟，因得循其門而扣之，遂止宿焉。」，延壽一紀，老翁正是惜字福報。

一〇六則〈惜字速報〉作者託陳蓮航（溶）茂才檢紙焚化，蓮航携子授讀於彭城，一夜，子得狂疾，「跳而出，……幾為路鬼所揶揄，有拾字傭……掖之入粵山道院，……凌晨引歸，疾亦尋愈」。梁氏以為若惜字傭與蓮航不識，「未必即引之使歸」。又謂惜字局司事孟某「向不讀書，而偏知惜字」，十多歲即沿途拾取，於字紙中或得銀錢，或首飾。「除夕，值各家掃除之殘紙，沿街堆積」，掃歸審視，則中有錢票一紙，載錢五千文云。」

三七七則〈婦人惜字〉記彭詠莪副憲繼室朱氏，生五子，八年不孕，性仁慈，「尤敬重字紙，……見有以字紙包茶葉等物，輒隨手棄去，甚至為人揩糞者，因出錢計斛收買。遇有污穢者，必洗淨焚化。」年四十餘，有孕，得一子。作者以為「下至於子女奴婢均知奉以為法」，是惜字之報。

七則〈彭莊二家惜字〉記蘇州彭姓與武進莊姓為積善之家，雍正丁未科，彭芝庭（啓豐）和莊柱同榜，莊母太夫人夢三神議是科鼎甲，一神曰：「論先世陰德，莊與彭相埒，惟本人惜字一節，莊不及彭。」一神即改彭為第一。故莊專意惜字，後二子俱中鼎甲。長為方耕侍郎（存與），乾隆乙丑榜眼；次為本淳學士（培因），甲戌狀元。兩家都是惜字之報。

作者又謂：彭芝庭尚書，係雍正丁未會狀，其祖南畇（定求）侍講，為康熙丙辰會狀；「祖孫以會狀相繼者，海內無第二家，而其後嗣科第尚蟬聯不斷」，積德深，善報連，不僅惜字一端。

二四六則〈不敬字跡二事〉記安溪李家婦某氏，翁去世，書籍盈架。「每值兒下便，輒折冊頁拭穢。」一夜夫離家，氏醒不見兒，起覓，被雷震死。次晨，族人門外見氏子，破門入，「驚視冊頁成堆，皆沾穢物，氏尸在焉。」作者論曰：「天下不可一人不識字，即不可一日不敬字。」

道光十三年二月初三，同安陳某「累日賭輸，移怒賭具之害，盡投糞缸中」。薄暮還，過其地，「被雷打死，并碎其缸。」足為不敬字跡之戒。

七、戒貪

戒淫之外，須戒貪，四八則〈俞生〉記江陰俞生，乾隆末鄉試，「入頭場，於初十黎明，即裹具欲出」，鄰號生怪而問之，告曰：「先君宦游半世，解組而歸，……曾受賄二千金，寃殺二囚，……以祖上有拯溺功，得留一子，單傳五世，貧賤終身，……倘或子孫妄想功名，適增吾罪。」

俞生兄弟五人，四人相繼謝世，唯其獨存，「鄉試二次悉汙卷，昨三更脫稿，倏見先君……以手械一擊，燭滅硯翻」。遂決意削髮入山，同號陳扶青作〈歸山詩〉送之。

五一則〈山陽大獄〉記李皐言（毓昌）即墨人，嘉慶戊辰進士，「以知縣分發江蘇，奉委赴山陽縣查賬」。山陽令王伸漢大懼，派閽人包祥以多金啗李僕李祥、顧祥、馬陞說主，許重賄，李弗從。

李僕等人「於茶內入砒」，李毒發，顛仆狂吼，復遭「腰帶扣頸，懸床作自縊狀，遂絕。」淮安太守王轂，貪酷吏也，「先以賑事得伸漢金，竟以中惡自縊驗報，人無疑者。」

數月後，李之同學荊翁「在郊外見李君儀從導引前來，遂憑附至家，呼家人，具言受害狀。」啓棺視，七孔流血，猶可驗，「將王轂、王伸漢等拏解交軍機處，會同刑部嚴審」。伸漢跪倦極，遂吐實，轂亦款服。「李祥發李毓昌墓前凌遲處死，餘皆棄市。」皇上加毓昌知府銜，賜其子舉人，一體會試，聞者稱快。

五二則〈江都某令〉記乾隆間，商家汪姓二奴口角，一奴自縊死，「某令以為奇貨，命停屍於大廳，故不即驗，待其臭穢，講貫三千金，始行往驗。又語侵主人，以為喝令重勒，詐四千金，方肯結案。」某令以此七千金為兒捐甘肅知縣，擢河州知府，因贓私案處斬，二孫充發，「家產籍沒入官，某令驚悸，疽發背死。」這是貪汙官僚的現世報。

六一則〈貪吏不終〉記道光初，侯官令張某，湘陰人，「其父本充縣役，嘗語人曰：『公門中好修行，吾儕隨事皆可造福也。』生平喜為人解紛。」

六二則〈武岡州事〉記武岡州周某家，居舒、楊兩大族之中，「是年歲荒冬寒，舒姓有乞兒凍死郊外，距周宅半里餘」，「舒來見之，乃歸，約匪徒以人命圖賴，周懼，賄金五十兩求息，十六人共分之，前一班去，後一班又來」，周無奈，往請關聖像，並州城二郎神像，供於郊，衆懼而散。

過數月，分金諸人中一人日拜三次，數日卒，連死者七，終而十六人盡死，此乾隆丁未年事。

一〇一則〈拾遺不昧〉記廖儀卿觀察言：家在城北夾道坊，對門江西人開茶食店，有客遺小布包，解視，當票二張，錢票五百餘千，遂密懷入內。少頃，客還，謂主人曰：「我本某公館家人，今晨本官付我皮箱二隻，……求主人賜還。」主人言未見。其人泣跪曰：「我若不得此物，……惟有投水死耳！」主人指天日誓曰：「我若拾得不還，亦必死於水！」店主以其貲販漆器於延平，大獲利。踰歲，攜子滿載而歸，過南蛇灘，舟撞灘而碎，父子並溺，「死水，言竟驗。」

二七三則〈打銀匠〉記浦城文童紛往建寧郡城應試，第一名達聰，係打銀匠之子，非讀書種子，一人曰：「浦中打銀，無不以銅鉛雜銀者，惟渠數十年從無此弊。」作者之父瞿然曰：「義利之辨如此，此子早應冠軍矣！此士大夫之所難而偏得之執技末流，能無表之以勵俗哉！」不以銅鉛雜銀，不貪非分之財，福報澤及後代。

二九五則〈平陽二事〉記浙江平陽縣村民，留洋銀十元於櫥。「婦娠得男，延穩婆收生」，穩婆竊五元而去。第三日洗兒，婦問婆，口角，婆「暗以小鍼插入兒髮際，……婦憤極而縊，幸鄰婦急救而甦。」[14]

是日晴天，「忽陰雲四合，雷電交作，則穩婆某跪於門外，手報洋銀五元，針一枚，自首」，竟雷劈戶外。此道光二十四年夏間事。

知縣劉寶樹（鍾琪）又云：「縣內有某氏兄弟二人，家頗饒裕，而妯娌不睦，妯有子而娌尚未育，年屆四旬懷孕，忽喪所天，妯恐娌生男而分其產也」，乃謀諸穩婆，願以洋銀十元為謝資。及產則男也，穩婆「將手指掐入兒臍中，立斃。」產婦痛而自縊。「越日晚」，婆與妯「同時被雷擊」，此道光二十四年七月十四日事。作者以為天之報施不爽。

三八二則〈中州某氏〉引河南李見齋邑侯云：「吾鄉有某進士者，曾任某省州牧，……其妻某氏，性妒而心狠，與妾各生一子；……某氏思及將來財產，若兩分之，未免單薄，意欲盡歸其所生子，因密購不生育之藥，製為餅餌」，欲令妾子食，「妾子正手接，而未入口，其所生子突至，……奪而食之」[15]後二子各娶媳，妾子連舉兩孫，某子不育，妾子為嗣，足為貪財者戒。

五三三則〈金銀氣〉記松江馬質園（晉）之言：「夜行，遇一亡友，本與相善，殊不怖畏，……問指一蓬門曰：『此中乃有金銀氣。』余問何以知之，鬼曰：『凡人詭計陰謀，貪黷聚斂，或逐羶附臭，積得多金，全無輝光，但覺穢氣觸鼻，惟躬耕力作，不事營求者，偶有盈餘，雖僅積三五金，即有白光三四尺。』」聚斂為貪，至於「尸位絳帷，于人家子弟毫無裨益，間或自作書畫假款，以欺俗眼，此亦與隸胥市販者相等。」將農工置於士商之上，士商等量齊觀，在當時這種觀點，實為馬克思、共產黨著一先鞭。

五五九則〈不作鎗替〉記徐樹人觀察之言曰：「泰安馮生，誤娶有夫之婦，及知情而後棄之，婦家訟於官，……馮生本有應得之罪，將杖之，因念考試在即，姑從寬免，及試後，……詢其平居作何狀？」自言不於文闈以鎗替漁利。此一念必獲神佑。

五六八則〈匿銀喪命〉記道光辛丑夏河決，祥符口城內外皆成澤國，「大府發銀賑濟，……某領銀四萬，先將二萬匿于家，以二萬駕舟往……忽遇暴風，舟覆。救者得某丞屍，失其左腳，銀盡數撈出，核之領數僅得其半」，大吏委員察其寓中，則二萬銀在焉。以身發財，「死已晚矣」[16]。

八、雷殛

二八九則〈林梅友述二事〉記長樂某村，一童赴鄰鄉糴取麥種，一籃貯錢，被無賴子攫去，哭而返，不敢入家門，近舍婦人「解囊中所積女紅餘資給之」，一鄰嫗與婦有微隙，告其夫「少婦美容互相愛悅」，夫怨訕，「婦莫辨其誣，夜自縊死」，童亦投溪以殉。未幾，晝大雷雨，鄰嫗震死，其朱書「害人男女二命」六字[17]，其冤乃白。是雷殛所以懲惡。

五四七則〈雷殛三事〉記乾隆乙巳年四月，金匱縣松山麓，村人某邀外姑至，「令妻預烹一雞以待」。妻往河干洗衣，時鄰婦失雞，一嫗至某家，「見釜有熟雞，遂奔告鄰婦；婦疾來，值嬰孩臥于竈旁，遂取雞，以孩投釜，覆蓋而去。」妻返，納薪炊之，「嬰孩爛焉」，遂自縊。

某與外姑回，見慘狀，某遂自縊。「霎時黑雲瀰漫，疾雷數聲，鄰婦殛死于庭。媼半體陷土中，自陳顛末，已乃死，而村人夫婦皆復蘇。」此一事也。

某家佃，水田多稗，芸不能盡，聞有人為雷擊死，恍然曰：「去秋是田乃渠所耕者，今吾佃，是彼必恨我，乃設此策以快其意耳。」此二事。

鄰近郁某有田數畝，本周壽所佃，「積歲負租，乃易佃。次年布秧水中，……角刺遍田中，于是撈至日暮」，知為周壽密置，逾年壽亦遭雷殛，此第三件。不義必橫死。

一八九則〈雷殛〉記武清人張林，御大車為業，載一舉子應禮部試，一僕坐車前，忽風雷暴至，攝其僕于數十步外，舉子一靴擲車旁，張林亦昏撲數步外。舉子下視，見林左臀「割去肉一條」，僕則「刓心而死」。舉子為買棺，復延醫治。姚伯林曰：「此僕蓋罪大惡極，故受此重創；張林之夷於左股，殆亦有隱惡焉」，以為雷公必不牽連無辜。

二四〇則〈雷震賣豚人〉記嘉慶中，永春州有賣小豚者至孤村，一婦付二金買兩豚，忽聞兒啼，入室抱，賣者徑去，婦置兒于小姑碓室，追呼賣者。「兒爬至碓下舂如泥，須臾小姑回視，見殘骸委截狼藉」，遂自縊，嫂回，見慘狀，亦自懸於碓室梁上。「賣豚者行未數里，白日無雲，為迅雷震死矣。」作者堅信行惡者必遭雷殛。

二九二則〈請雷〉記叔父灌雲述同居某，年七十，「子早卒，僅遺一媳一孫，孫素悖逆」，不久孫媳亦亡。一日自外醉歸，「渴而呼茶，孫故聞之不至」，且惡口頂撞，遂焚香當天跪訴：「某若無不孝之事，雷而有靈，請立殛此孫。」言方已，雨如注，「霹靂自空下，孫懼，面失色，誓改前愆」，翁復禱天求免，此道光二十四年五月事。

三一八則〈雷擊負心〉記秦州鄭某，「其父工刀筆，積有貲，鄭世其業，性素乖張，無惡不作」。私一婢，有孕，辱打，遣之歸家。婢為父母所詬，自縊。妻以此責夫，遭踢腹，因已懷孕，痛楚不已，自殺。謊報岳家女產亡。謀續絃，到揚州，住新橋寺，大雷雨，被殛，此道光二十六年六月十三日事。

四二八則〈雷殛不孝〉記太湖于某，年六十二，業農，貧甚，故二子年二十八、二十四，未娶。于病痢，長子日侍湯藥不離，次子游蕩不關心。兄煎藥成，「露於院中，囑弟守視。弟於鄰婦有私，是日鄰婦之夫外出，潛就宿焉。不料藥為蛇虺餘毒，次早其父服藥，即中毒死。」未出殯，次子遂為雷殛死。

五〇七則〈雷異〉記嘉慶壬申，廣東新甯縣某村，妹已嫁，兄四十未娶，弟願鬻人得錢供兄娶婦，兄曰：「得婦而失弟，不可以為人，不如其無婦也。」一富翁聞而義之，語兄：「今與若三十金，若弟為我傭，而當其食息，弟得食，若得婦，不兩利乎？他日有金，可贖也。」

新婦入門，問弟何在？夫泣告，「婦詣諸父，輾轉得三十金，藏諸笥，將促其夫贖弟，既而索之，亡矣，憤而自縊。」葬日，雷震棺開，「婦活而小姑死，金擲諸地」，原來小姑竊，故有此報。事見吳鴻來（應逵）《雁山文集》。

綜上各則所述，知行惡者必為雷殛，無所逃於天地間。

九、行善

二〇五則〈忍辱解寃〉記徐受天，吳中閶門人，「遇擔糞者，領污滿身。徐念擔糞窮民，諒不能賠其衣履，含忍欲走，擔糞者反誣其撞翻」，衆為之不平，徐狼狽至家，「更衣浣體」，半夜，擔糞者叩門曰：「吾與君有宿世仇，日間以君相避，我恨已消」，繼言已身死，無以為殮，若助殮，「即解此仇，若得更恤我妻子，且當報德矣！」次日往訪，果如其語，「遂厚殮之，并貽其子十金，營小貿販以贍母。」以德報怨，為善之大者。

二四五則〈楊宗潮〉記同安諸生楊宗潮，「惓惓誘進後輩，……同里有曾姓名德基者，家極窘而性嗜學，……遂招入館中授業，資以衣食。」德基入南靖邑庠，登道光乙酉拔萃科，廷試考授儒學。

楊晚年上郡，渡江有人溺水，出銀請善泅者救，得不死。歲六十，病篤，夢判官曰：「汝壽數應盡，幸有陰德可救。」謂曾救一人，增壽一紀。

三一三則〈錢孝廉〉記潤州錢為林孝廉，乾隆中，設帳某紳家，教誨甚力，遇善事，不稍怠，後選山西邑令，知某輿夫毆母，命重杖三十，輿夫求賜百金為養母資，即出家為僧，「錢如數應之」。後生二子，長名之鼎，赴京鄉試時，一行腳僧求見，曰：「郎君今科必中，然有失德，不能成進士，得力行善事，方可延算。」之鼎果獲雋，後壽不永。其弟以拔貢終。

三一四則〈某明經〉記于蓮亭曰：「杭州有某明經者，平日嗜酒，醉後則嫚罵，……遇一乞婦索錢，……某忽發善心，給以一錢而去」，乞婦乃觀世音化身，故得延壽。

三二八則〈周廉訪述六事〉記六善行：金陵陳石渠，「歷年撙節，積束修二百金，適嘉慶甲戌歲大飢」，「道殣相望」，乃罄囊購米減價賣於門外，此一事。

江寧某嫗，「奉佛極謹，朔望必親赴寺院焚香禮佛。」其子詭言代勞，騙其香金作賭資，數年忽病，伏枕叩首，吐全舌，遂死。此二事。

浙杭宦家子某，與僕婦通，父母知，責子逐婦，某「市毒藥無數，置廚下水缸中，父及兩兄並某妻一時斃。」事發，磔於市。時為道光十五六年。此三事。

邸抄云：「楊說華，直興巨猾也，以刻薄起家，……素與守令相攀援」，鄉人莫敢發其惡行。逼衣匠作家奴，為其無償裁衣。「徽人某貸其財，僅償母金，……」捉至家，以利錐刺某膚，每一孔納一麥，體幾遍。」獄成，論死瘐斃。時在乾隆末。此四事。

嘉慶中，石工某，死而復蘇，告人曰：「頃往城隍廟，鑿磨石，……鬼卒曰：『磨楊說華。』」此五事。

《玉曆傳鈔》……實足令愚夫愚婦聞之悚息汗下」，嘉慶壬申陳仲長封翁廷頎，至杭見是書，携歸金陵，鏤版傳之。次年癸酉科，長子寶儉應京兆試獲雋，「聯捷成進士。封翁壽逾八旬，矍鑠健飯，無疾而終」，長孫見其臥室上有白氣貫天半。」此六事。

此六事三善三惡，目的在懲惡勸善。

四六六則〈湯氏陰德〉記蕭山湯敦甫（金釗）閣老先世寒微，其曾大父在鄉村開一小店，生意微薄，「而勤於伺應，客多樂就之。」有客遺錢包，久不來取，「約有數十金，偶借用之，輒得利，旋積足其原數，封貯之數年，是客復至，詢悉而奉還之，並告以借用得利，積足歸完之故。」客譽曰：「不還不足以為仁，不用不足以為智，子所為，殆仁且智也。」（註十八）復付三千金，擴充其業，十餘年，遂至巨萬。

湯氏世有隱德，敦甫督學江蘇，「其封翁令在蘇捐貲設局施藥，三年所活不下萬人。」年踰八十，膺一品封。

十、訟師、相師、醫者等

五七九則〈訟師惡報〉記王赤蘭（道徵）云：「訟師未有得善報者」，舉三人為例，一為某明經，詩文俱佳，中年弄刀筆，被其害者無以自明，禱之于神，訟師繫獄瘐死。又一友自負能詩，一友自負工書，「皆託業于此，未幾妻子俱亡，同以窮餓終。」

五六〇則〈狀師〉記徐樹人觀察之言曰：「泰山有某生，文才極優而工刀筆，衆皆呼之為狀師，入場之日，神思昏倦，……忽見魁星立於前曰：『爾來年狀元也。』」方寫一「狀」字，魁星遽翻印其卷面，因被貽，此後遂不應，終身潦倒。或曰：「魁星即寃鬼之幻相也。」

一〇二則〈辛生〉記仙游辛生，有文名，工刀筆，「凡邑中健訟者皆歸焉」，富而吝，年過四十，無子，禱于神，夢神叱之曰：「汝所作訟牘，變亂黑白，破人產，詐人財多矣，逃禍不暇，尚望子矣？」覺而改過，「為人排解息訟」，年餘，復禱，神以「能與貧人共年穀，必有明月出蚌胎」十四字示之，蓋黃山谷詩也，乃「罄所藏以施，濟之以平糶」。又年餘，夢神告之曰：「觀音大士行將送與汝矣！」數日，果夢白衣婦人抱一嬰自對岸來，「突有大牛橫亙於前，醒而合家戒食牛，後果生子，且游庠矣。」

二六七則〈林敬堂述三事〉記其二云：「明經吳某，工刀筆健訟，常串通胥吏，與為表裏」，訛詐閭里。後程梓庭制府嚴懲刁訟，吳某不耐訊鞫之苦，斃獄中。

一五八則〈刑官夙孽〉引《竹葉亭雜記》云：「刑官一老皂隸夢至一處，……上座若東嶽廟之塑像者，階下列鬼無數，……上座者怒曰：『罪當絞！』隸細視之，則本衙門秋審處提調張某也。俄又引一人至，……上座者曰：『當斬！』隸細視之，則又本衙門秋審處提調吳某也。俄又引一人至，……令去兩目，隸審視之，則本部尚書長牧菴相國麟也。」股慄而醒。不久，張出任觀察，有紅衣二女作祟，將其拉殺。吳任知府，頸生瘡，卒，所謂斷頭瘡也。作者論云：「理刑者可不慎乎哉！」[18]

其次論地理師，〈六一則貪吏不終〉記道光初，侯官令張某，湘陰人，以父墳為吉穴，不肯遷，「用土墳高，以免水患」。張某為官，聲名狼藉，被劾落職。湘陰令陳楓階以為天道無私，須察天心所在，不宜「嘵嘵於地理」，迷信風水。

六四則〈陳扶昇〉記湖北陳氏，為黃州府巨族。通族祖山，俗稱蛇穴，「乃水木蘆鞭之龍，直來橫受，穴閃一旁，而祖墳皆在盡頭，所以不發。」扶昇一房單弱，為父營葬，不容占大穴，「不得已在橫窩定穴，乃恰得眞龍。」生六子，聰明早捷，「各得顯官」。

六九則〈佔墳惡報〉謂地師以古墳為吉穴，「合數塚之地，鋤而平之，棄其朽骨，葬其父母」，以求陶朱之富。居貨海船，貿於東洋，不久倉皇夜歸，云：為盜所劫，「不能返，固亦在海為盜，劫殺多人，……聞被執者已供我姓名里址。」[19]妻離子散。迷信風水，占人祖墳，果有惡報！

二二六則〈遷葬宜慎〉記嘉善人潘栗泉（棟）孝廉悼亡，其妻厝棺於田數年，堪輿謂厝地不合，決意改卜，踰年竟亡。黃霽青先生以為「限於時命，不得專以移厝咎之，……顧以艱於嗣續，而卻乞靈朽骨，斯未免惑耳。」又云湖北陳秋舫狀元，及大雲御史兄弟，並登甲科，可謂希覯之榮，但不久「秋舫以風疾殞，大雲繼以左官卒，說者亦謂其遷葬所致。」

三六二則〈安慶趙某〉記其家小康，母歿，延徽州汪某尋壙地，汪常自誇堪輿之術，言己生壙可出狀元宰相，未幾病歿趙宅，趙為之殯殮，以母柩與汪子，將汪柩葬安慶，不知汪術不精，其自定生壙乃「水泉風蟻之窟」，不久趙祀遽斬。

三九四則〈方太守〉記于蓮亭曰：「大興方氏昆仲三人，孟司馬、仲布政司理問、季太守。」孟仲相繼歿，各遺一子，季官於浙，為太翁卜葬，堪輿擇一穴，夢峨冠博帶者云：「子所點穴，乃吾墓，可另覓佳城，必有以報。」堪輿不信，開穴果係古墓，竟將遺骸棄野。葬後，堪輿暴卒。方二子至西湖掃墓，登舟遽覆沒，太守抑鬱以終，「竟無後」[20]。掘人舊墳，暴棄屍骨，殘忍已極，宜受陰譴。

四三五則〈地師〉記徽州程某，精堪輿術，惡人林某「延之相地」，程為卜眞穴，夢郡城隍召入廟，「令其毋點此穴，醒而惡之」，然貪重利，仍為點穴。未幾陰雨，「三日夜震雷一擊，而穴破矣。」程某潛逃，「未到家而死」。作者曰：「陰地不如心地好」，相地者應引以為戒。

四三六則〈湖南熊某〉記其堪輿技劣而心貪，為人營兆「葬於水泉沙礫者不知凡幾」。與地主勾結，騙方節婦高價為夫建墳，節婦只好「典住宅以酬值」，不久，熊某死於非命。

四六三則〈連平雲氏〉記顏氏始祖百有四歲，精堪輿之術。距城二十里之鴻坑，百歲翁用錢數千買得，葬其祖，掘數寸，見棺，急命掩之。夜夢古衣冠人謝曰：「其眞穴在左畔，汝何不擇某字向葬之。」醒而如所示葬之，立碑右畔，「立約後人附祖塋，春秋祭掃不絕」，其後家聲漸起，「粵中國朝二百年來衣冠之盛」，未有如彼者也。

五六七則〈地師得夢〉記六合某氏，父為縣令，「延地師仰思忠者卜窀穸，尋得一吉地，方點穴間，雨驟至，遂下山。」地師夢一老人曰：「此地切勿與此人，此人生前為考官時賣三舉子，當有陰禍，若葬此穴，當榮其子孫，非天意也。」思忠惕然，託故辭歸。過二三年，某氏與勢豪爭墳致死，官司牽纏，家業凋落，猶未歸土。

次言命相，三九則〈談相談命〉記金溪楊邁公（護）中丞之言：「相隨心改，命由心造，本非一成不變之局，……吾儕但當強善以迎之，居易以俟之而已。」他認為「命與相相連而及，未有相佳而命醜，亦未有命好而相乖者也。」一道士曾云：「一身之窮達當安命，不安命則奔競排軋，無所不至，……至國計民生之利害，則不可言命，天地之生才，朝廷之設官，所以補救氣數也，身握事權，束手而歸命，天地何必生此才，朝廷何必生此官乎？」

中丞扶乩問年壽？判曰：「修短有數，常人盡其所稟而已。若封疆重鎮，操生殺予奪之權，一政善則千萬人受其福，壽可以增；一政不善，則千萬人受其禍，壽亦可以減。」[21]故司命之神不能預為注定。

四七一則〈謝椒石觀察〉記南康謝椒石（學崇）一門顯赫，後則沒落，或云其父蘊山在山西任內，「清查虧空，曾殺四知府」；或謂在開歸道任內，庖人饋大黿而未救；好殺必有惡報，切莫輕忽。

四七四則〈胡尚書〉記游彤卣侍御語作者父曰：「此人（胡西庚長齡）必大顯，……但見其耳白於面，如歐陽公之語耳。」不數年遂躋九列，以其家有陰德。原來其封翁曾為州吏承行盜案，「犯供糾衆自大門入，已定讞矣」，知各犯因貧苦作竊，非巨盜，言於官，為求情，「得免死者十餘人。」[22]

庸醫殺人不見血，一一二則〈庸醫〉記作者外祖蘇年先生臥病，醫者數人，「皆庸手，有鄭姓者，其名最盛，而其技實最庸。」互相標榜，商立醫案，遷延月餘日，而先生病遂深。」又有某姓者，每診婦女脈，必揭帳熟觀，後為一少婦治，「竟以目成私合。」作者父曰：「惟庸醫殺人，其慘即無殊手刃。若復包孕邪心，亂人閨閫，則其孽愈重。」紀文達戲為集句贈醫者，有「醫來寇至」之對。

一二〇則〈賢母訓子〉記郭壽川（昌年），少孤貧，其封翁（貽斗）儒醫也，語人曰：「醫為九流之一，其意專務活人，若依以為利，則與市儈何別？」常以診病所得，合藥以濟貧病，中年卒，壽川年甫十二。鄰媼助款，母許氏以針紉維持生計，督子入塾讀書，「道光戊子，舉於鄉；己丑，聯捷成進士，作令山東」踰年，以養親乞歸，為母請七品封典。此蒼天所以降福於良醫也。

二二四則〈金太婆〉記吳有金媒媼者，奔走巨室，「便佞日給，與人貨售珠翠無不成，而壟斷其利，猾於牙儈。」一夜自提竹絲燈歸家，夜遇鬼，叩頭乞命，「從此不復敢為孀婦媒再醮圖重酬矣！」古人家誡：不許三姑六婆入門，有其深慮遠見。

五三二則〈庸師折祿〉記阮吾山（葵生）侍郎謂「庸師誤人子弟，其罪無殊于手刃。」蓋受人館穀，而疏于訓課，「冥法無功竊食，即屬虛糜，……有官祿減官祿，無官祿者減食祿也。年羹堯「威權勢燄，蔑視百官，而獨折節於教讀西賓，於塾門懸一聯云：『怠慢先生，天誅地滅；誤人子弟，男盜女娼。』……按吳人最知尊敬塾師，故科甲之盛，冠于各省。」[23]

五六九則〈侮師〉嚴懲不尊者，舉新安汪某為例，彼過目成誦，但恃才而侮慢師長，「一日呵欠，口中忽跳出一物，形如人，指汪曰：『汝本狀元，因侮慢師長，陰司已削去，吾亦不隨汝矣！』」次日翻卷不識字，窮餓終身。

以相命而行騙者亦多，〈二六二則宿孽〉記焦孝廉妻金氏，算命瞽者「為言往事甚驗，乃贈以錢米而去」，是夜腹中有人語曰：「我師父去矣，我借娘子腹中且住幾日。」疑是樟柳神，問是否為靈哥兒？答曰：「我非靈哥，乃靈姐也。師父命我居汝腹中為祟，嚇取財帛。」捻其腸，痛不可忍。焦覓得瞽者，許患後謝以百金，瞽者呼曰：「三姑速出。」內應曰：「三姑不出矣！余前生姓張，為某家妾，被其妻某凌虐死。某轉生為金氏，……金既入其腹中，不取其命不出。」金氏遂斃，此為宿孽。

〈林敬堂述三事〉其一云：「同里馮某，少年浮薄，贅於曹氏，……聚戚屬中游惰者數人，奉呂仙乩。俚詞俚鄙，多出於馮某之作偽，……會曹之表姪薛某，以初夏患少陰症，禱於乩，某臆其時疫也，予以攻破之劑，一服而斃。」某夜歸，死鬼自後呼名，夜夢薛曰：「爾以兒戲殺人，予得請於神矣。」踰年遂以癆疾卒。

十一、仁恕爲心

梁氏勸朋輩後進須仁恕為心，寬以待人，筆記首則即引同鄉伊墨卿（秉綬）太守寬恕之言行為例[24]，復舉方觀承、曹學敏、吳錫麒、阮玉堂、姚文田為例，治事御民待人宜寬恕仁慈[25]，第六則〈尹文端公〉治獄，被其澤者「在天下後世」，他分別「法無可貸，情有可原」兩條，免死者不計其數。十一則〈孫春臺中丞〉記無錫孫永清，入廣東布政使胡文伯之幕，「值土司以爭廕襲相訐告，驗之，皆明時印璽，總督將擬以私造符信比判逆律當斬，株連者尤衆」。永清諫曰：「土酋意在承襲，無他志，豈宜妄以叛逆坐之？」得活者二百餘人，可謂功德無量。

五五六則〈王縣令〉評江西某縣令王某「酷烈任性，禁賭博尤嚴」，一富家孤子十五歲，被誘賭輸百兩，祖母鳴於官，奸徒孤子俱斃於杖下，祖母觸壁亡，孤子之母亦自縊。未幾，「王解任行，將登舟，忽自呼曰：『我已離任，不須叫冤。』衆視無人，王曰：『二婦人，一少年。』王旋患頭痛，口鼻流血而死。王亦一子，……亦口鼻流血而亡。」作者認為童子被誘賭，「薄責之可也，然一時固執任性，其受報如是之慘，況用刑而誤者乎？」[26]宜寬恕為懷。

如心為恕，以己度人，赴約不可遲到，作者曰：「如果忙不能至，即應早辭；既不肯辭，亦應為主人計，為衆賓客計」，若裝模作樣，「徒使主人蒿目以須，坐客枵腹相向，僮僕慍形於色，廚子叉手而嬉。如果係尊師貴宦，尚不免局外譏評，況同此平等耦俱，何可不稍加體諒？其最可恨者，入覲之外官，假粧忙狀；要津之熱客，力避閒名；此兩種人赴席，無有不後至者。」[27]從恕道推論，一人遲到，致衆人鵠候，決不可恕，權貴尤應戒慎。

結論

比道學家觀念還閉鎖的《池上草堂筆記》，佛道因果之說太濃，雖意在懲惡勸善，卻阻礙了社會進化，尤其在文學藝術方面。但客觀而言，其五六二則〈溺女棄嬰惡報〉」中持反對的態度是相當難得的，作者借冥王之口曰：「況此女即使將來果敗，亦是注定者，縱能淹死一女，又要生其一女。」復引徐柏舫之言：「道旁置一小籠內，貯女嬰併布一匹，銀十兩，……令遇者或收回撫養，或收入育嬰室俱可。」[28]較諸臺灣在十九世紀六〇年代猶有殘殺女嬰的情事是很進步的[29]。

註

1 僅《明清小說》〈清代卷〉作者黃錦珠在第二章第四節末句提及，見黎明文化事業股份有限公司（民國八十六年四月初版）頁一八七。

2 見《池上草堂筆記》（臺南：和裕出版社，民國八十四年）頁九九。

3 全書，頁一〇〇。

4 所引皆見全書頁二三一。

5 全書頁二六八—二六九。

6 全書頁三四四—三四五。

7 全書頁二九五—二九六。

8 全書頁一三〇—一三一。

9 全書頁五一三—五一四。

10 全書頁二七七。

11 全書頁四二一。

12 全書頁四二二。

13 作者所謂「淫書」，並非今之黃色書籍，而是描抒男女情愛著作，可謂迂腐。

14 全書頁三二七。

15 全書頁四二八—四二九。

16 全書頁六二四—六二五。

17 全書頁三二一—三二二。

18 全書頁一九〇—一九一。

19 全書頁八二。

20 全書頁四三八—四三九。

21 全書頁五〇—五二。

22 全書頁三一九。

23 仝書頁五八七—五八八。

24 仝書頁一一二。

25 仝書頁二一八。

26 仝書頁六一一—六一二。

27 仝書頁一三八—一三九。

28 所引皆見頁六一七。

29 英國人必麒麟（W. A. Pickering，一八四〇—?）一八九八年出版《發現老臺灣》一書，第五章「殺嬰的國度」記載在安平海關對面一戶人家殘殺女嬰。

西灣語萃

一、看似尋常最奇崛，成如容易却艱辛。——王安石《題張司業詩》

解析：一切的藝術作品或人世間所謂的成就，在旁人眼中好像得來容易，卻不知當事者嘔盡了心血，費盡了力氣，流盡了眼淚，才得以成功。

二、蠹眾而木折，隙大而牆壞。——《商君書‧修權》

解析：樹不能有蠹蟲，牆不能有裂縫，國家也不能有敗類。有了蛀蟲要消滅，有了縫隙要修補，有敗類也要清除。貪官污吏和枉法屈人的執法者盡去，政府才會贏得百姓的擁護和愛戴。

三、喜聞人過，不若喜聞己過！樂道己善，何如樂道人之善！——弘一大師格言解析：「聞過則喜」，當謂喜聞己過。知過能改，必有進益，若喜聞人過，揭人之短，結怨而無益於己之修行，大不智也。樂道己善，矜伐自誇，滿而招損，何如揚人之善，與人爲善也。

四、立品須發乎宋人之道學，涉世須參以晉代之風流。——《幽夢影》

解析：梁簡文帝說：「立身先須謹重，文章且須放蕩。」立身確該莊重自持，至於應用到人世的態度，則不宜刻板，總以自然瀟灑為佳，文章以浪漫為尚。

五、惡言不出於口，忿言不反於身。——《禮記・祭義》

解析：「出乎爾者，反乎爾者」，口出惡言，必招致嫌怨，能深味「禍從口出」之理，修口謹言，就「言滿天下無口過」了。

六、善善而不能用，惡惡而不能去，此其所以亡也。——蘇轍〈論所言不行札子〉

解析：當政者若不能別善惡，必至於誤國；既能別善惡，知善而不能用，知惡而不能去，若非有私心，就是缺乏魄力，如此早該引咎辭職，萬勿尸位素餐，成爲國家民族的罪人。

七、得趣不在多，盆池拳石間，烟霞俱足；會景不在遠，蓬窗竹屋下，風月自賒。——《菜根譚》

解析：滄海雖大，我只取一瓢飲；天地雖寬，我只求一屋居。一池一世界，一花一天堂，風雅之士能領略真趣，雖假山假水，竹籬茅舍，皆足以怡情適性。

八、官清書吏瘦，神靈廟祝肥。——《增廣昔時賢文》

解析：「水太清則無魚」，做官清廉，其部屬連帶的也沒有油水；神祇靈驗，香火鼎盛，廟祝自是富而有餘。

九、願君學長松，慎勿作桃李。——李白《李太白集》

解析：「歲寒而後知松柏之後凋也」，堅貞的本性足以抵禦霜雪酷冷的打擊；桃李雖美，却受季節更迭的宰制，無法自主。

十、天下之患，莫大于不知其然而然。——蘇軾〈策略第一〉

解析：「肉食者鄙」，執政者往往忙於開會、應酬、爭權奪利、無暇細思，不願深入觀察，以致禍患一起，瞠目結舌，手忙脚亂，只好推諉塞責，文過飾非，既不知禍害的起因，也提不出因應之道，最後正像東坡居士所說的：「是拱手而待亂也。」

十一、牡丹花好空入目，棗花雖小結實成。——《增廣昔時賢文》

解析：人與物有的中看不中用，即所謂華而不實；有的外表雖不美觀，卻頗實用。

十二、欲論人者，先自論；欲知人者，先自知。——弘一大師格言

解析：雌黃品評，當先從己開始；欲知彼者，宜先知己。

十三、有田不耕倉廩虛，有書不讀子孫愚。——《增廣昔時賢文》

解析：這兩句在古時候只是勸人勤於耕讀罷了，現代則別具新意。何以「有田不耕」？那不是農夫單方面的問題；何以「有書不讀」？暴發戶的社會是不會好讀知禮的。

十四、使不才者無妒於有才，挾私者不妒於奉公，濁者不妒其清，貪者不妒其廉。——楊夔〈止妒〉

解析：嫉妒是最大的罪惡，庸者忌才，私者妒公，濁者嫉清，貪者惡廉，無所不用其極，以構陷忠臣直士，不僅禍國，而且殃民；在上位者若能分別善惡，明辨忠奸，就可以防止悲劇的發生。

十五、矮人看戲何曾見，都是隨人說短長。——趙翼〈論詩〉

解析：「獨具隻眼」或「雙眼自將秋水洗」的人畢竟不多，多的是人云亦云，信口雌黃的外行人，既無主見，又無定見，有時甚至無所見。

十六、共在人間說天上，不知天上憶人間。——邊貢《嫦娥》

解析：人總是不滿足於當前所擁有的，「不滿現狀」是人類的特性之一，「貴遠賤近」原是人類的通病，只知憧憬未來，在不可知的遠方築夢，却不知那空中樓閣也有許多的缺陷和不如意。

十七、富貴本無根，盡從勤裏得。——《醒世恆言》

解析：古人說：「將相本無種」，同樣的，富貴亦無根。勤儉可以致富，儉所以節流，勤所以開源，肯勞心勞力的人，是會成功的。

十八、書有未曾經我讀，事無不可對人言。——弘一大師格言別錄

解析：生也有涯而知也無涯，在浩瀚的學海中，既要勤，又要謙，日積月累，方能略有所得；書讀多了，閱歷深了，涉世久了，很多人往往機變巧詐，惡用知識；有知不用知或善用知，對社會人類才有貢獻，要做到這地步，只有以「真誠」二字待人接物了。

十九、處事讓一步為高，退少即進步的張本。——《菜根譚》

解析：「退一步海闊天空」，退讓不是畏縮消極，吃虧不是愚昧無用，知進不知退的人，是受不了打擊，且要吃上大虧的。

二〇、好男不吃分時飯，好女不穿嫁時衣。——《金瓶梅》

解析：人為萬物之靈，雙手萬能，白手可以起家，現代人不論男女，須能自立自強，開創一己的前途事業，不依賴祖先的遺廕。

廿一、陰謀怪習，異行奇能，俱是涉世的禍胎。

解析：陰、怪、異、奇皆非正道，不是招怨，即被排斥，反不如中庸之道可行。

廿二、渡船滿板霜如雪，印我青鞋第一痕。——楊萬里〈庚子正月五日曉過大皋渡〉

解析：世事如棋，紛紛擾擾，重重困境，有待智者指點迷津，正確的第一步須要先知先覺引領。

廿三、千里之行，始於足下。——《老子》第六十四章

解析：「羅馬不是一天造成的」，「九層之臺，起於累土」，馬拉松賽跑得力於一步一步不停地前進，摩天大樓是靠一磚一石慢慢砌成的。

廿四、梅須遜雪三分白，雪卻輸梅一段香。

解析：每個人或每一樣物都各有長短，互有優劣，所謂「尺有所短，寸有所長」，正是這個道理。雪較梅花色白，梅花較雪芳香，梅雪又何必爭春？

廿五、一葉蔽目，不見泰山。——《冠子．天則》

解析：目所以主明，視之不明，皆緣於兩眼昏花，肉眼被蒙蔽了，非唯不見秋毫之末，且無以見輿薪之大，心眼有障，更看不到真相了。

廿六、長恨人心不如水，等閒平地起波瀾。——劉禹錫〈竹枝詞〉

解析：人不如水，水遇阻遏，才不直流；山夾石阻，始有險波；風搖地震，始見洶湧。人

則往往無緣無故興風作浪，挑撥是非，將世界弄得擾攘不安。

廿七、只一個耐煩心，天下何事不得了？天下何人不能處？——呂坤《呻吟語．修身》

解析：很多人對事物都不耐煩，能耐煩者，慮自遠，心自寬，則可解決難題，容人容物。

廿八、記取南鄰田父語，團圞真樂勝公卿。——張問陶〈月夜書懷〉

解析：工商社會，名韁利鎖，勞碌奔波，友誼淡了，親情往往在佳節才可能拾得，唯其如此，愈覺家人團聚是人生至高無上的幸福！

廿九、豈不罹凝寒，松柏有本性。——劉楨〈贈從弟〉

解析：任何人都可能面對惡劣的環境和碰到不幸的遭遇，唯有本性堅貞者方能愈挫愈勇，不畏任何橫逆、壓迫與打擊。

三〇、毋憂拂意，毋喜快心，毋恃久安，毋憚初難。——《菜根譚》

解析：不為憂喜安危煩心，方能做到真正超脫的「達人」。一生之中，不如意是難免的，得意不可忘形。「死於安樂」，憂患意識不可無；「萬事起頭難」，失敗為成功之母，阻力困難不足畏！

卅一、却笑溪聲忙底事，奔流偏欲到人間。——趙愈〈溪聲〉

解析：「在山泉水清，出山泉水濁」，人在山中，對著竹月松風，何等悠閒，可笑那溪流為甚淙淙不停奔向熙熙攘攘的人世，眞個是塵緣未了！

卅二、世間那有揚州鶴？——蘇軾〈於潛僧綠筠軒〉

解析：「願腰纏十萬貫，騎鶴上揚州」，既富而適，是人生最大的願望，問題是這種十全十美完全合乎理想的事，可遇而不可求，「揚州鶴」只是奢望、空想、白日夢的代名詞罷了！

卅三、功過不容少混，混則人懷惰墮之心。——《菜根譚》

解析：有功必賞，有罪當罰，賞罰要分明。獎賞不可太濫，責罰不可太輕或太苛，太濫則不足以勸，太輕太苛則不足以立威。

卅四、一念慈祥，可以醞釀兩間和氣；寸心潔白，可以昭垂百代清芬。——《菜根譚》

解析：名利紛爭，蠅營狗苟，天地充滿穢氣，唯賴慈祥和瑞之氣化解；紅塵污濁，舉世滔滔，靈臺不染，方能萬古垂清芳。

卅五、山林是勝地，一營戀便成市朝；書畫是雅事，一貪癡便成商賈。——《菜根譚》

解析：以人爲之巧去改變天工自然，以粗俗亂文雅，不僅徒勞心力，而且求益反損，成了天地間不可饒恕的罪人，真真愚不可及！

卅六、不逢大匠材難用，肯在深山壽更多。——袁枚〈大樹〉

解析：「古來材大難爲用」，有大才幹的志士幽人要懂得這道理。「知音世所稀」，知也未必能用，用也未必盡其所長，因此該守拙養恬，以順其性、養其生，高其壽。

卅七、千經萬典，孝義為先。——《增廣昔時賢文》

解析：讀書所以明理，明理當以孝義爲先。孝內義外，孝所以敬愛父母，義所以善待朋友，當今社會缺少的正是這兩種美德。

卅八、不知戒，後必有恨。——荀子《成相篇》

解析：人不貴無過，貴在知過必改，所以要謹言慎行，自我警惕，否則一錯再錯，就自貽伊戚了。

卅九、法定之後，中程者賞，缺繩者誅，尊貴者不輕其罰，而卑賤者不重其刑。——淮南子〈主訊〉

解析：法之可貴，在其可行性與公平性，而執法者必須大公無私，不畏權勢，有功必賞，有罪必罰，如此才可讓百姓敬法、畏法、守法。

四〇、出家如初，成佛有餘。——《增廣昔時賢文》

解析：「有善始者實繁，能克終者蓋寡」，發願行善，還須有定力和恒心，果能如此，靈山就在不遠處。

四一、使口不如自走。——《增廣昔時賢文》

解析：俗語說得好：「求人不如求己」，麻煩別人，不僅欠下人情債，有時也有不妥當的地方，還是自己來吧！

四二、人情似水分高下，世事如雲任捲舒。——《增廣昔時賢文》

解析：水流有高低，行雲時捲舒，人情似水，高低不同；世事如雲，卷舒善變，智者當明其變而悉其異。

四三、寬人之惡者，化人之惡者也；激人之過者，甚人之過者也。——呂坤《呻吟語·治道》

解析：儒釋耶教，重在一個「恕」字，能恕則能化人之惡，否則戾氣盈塞，惡人就越來越多了。

四四、既墜釜甑，反顧無益。——《增廣昔時賢文》

解析：事情既已如此，追悔無益，不如把失敗的經驗當作訓誡，以後謹記在心，別再重蹈覆轍了。

四五、明禮全為適用。——呂坤《呻吟語．談道》

解析：禮者，理也。禮制合理而適用，故貴而宜遵；若不適用，雖廢而步行可也。

四六、飄風不終朝，驟雨不終日。——《老子》第二十三章

解析：合乎自然之道，才是常道。疾風暴雨，狂風急雨，都是反常的。風雨雖為天地所主宰，尚颳不到一早上，落不到一整天，宇宙違反自然的狂暴勢力尚且不能持久，人為的力量就更不用說了。暴政、苛令、嚴刑、峻法是違反清靜無為之道的。盛極必衰，物壯則老，「強梁者不得其死」，難怪東歐共產政權無法久長，無道的統治者是難逃覆敗命運的。就是人的精神也不能太透支，因為「不如常，妄作，凶。」難怪「儉」字是老子三寶中的一寶了。

四七、治大國，若烹小鮮。——《老子》第六十章

解析：治理地廣人眾的國家，恬淡為上。煎小魚不用刮鱗去腸，不可翻動攪擾，恐其糜爛，又須調和五味；治國也是同樣的道理，既貴虛靜無為，又得調和異同：若強求表現，朝令夕改，民無所措，離心離德，國家解體，就不可收拾了，王莽便是一個明顯的例子。「定、靜、安」是治國的要訣，治國者千萬不能有英雄主義，生事擾民，歷代明君深諳此道，連美國總統雷根也服膺此理，守而勿失。

四八、大音希聲。——《老子》第四十一章

解析：《老子》第十四章說：「聽之不聞名曰希」，所以有的註家把「希聲」解釋為「不可得聞之音」，有的解釋為「無聲」；「希」字本做「稀」，有「少」的意思。而不論為「無」、為「少」、為「不可傳聞」，都是「寡言少語」、「沉默不語」、「沒有聲音」的意思，人們是聽不到或聽不清楚的，除非是「天聽」。至於「大音」中的「音」字本作言，真的，天何言哉？聖人以不言之教鼓動萬物，不欲言，不必言，也不可道。〈道可道，非常道〉所以要做「沒有聲音的人」，勉乎哉！

四九、萬物作焉而不辭，生而不有，為而不恃。——《老子》第二章

解析：天道自然，人道無為亦不可為。天地或聖人化育萬物而不欲為之宰，且不欲言說，（因為知者不言，言者不知）；生長萬物，不視為己有；施澤萬物，不自恃其能（既不競選，也不候選），不以為有德；果能如此，則功業長存，天下就晏然了。

五〇、五色令人目盲，五音令人耳聾，五味令人口爽，馳騁田獵，令人心發狂，難得之貨，令人行妨。——《老子》第十二章

解析：慾壑難填，知足常樂。放眼紅塵，滔滔者天下皆是也。聲色犬馬，飲食男女這些「人之大慾」的徵逐，在無法滿足的情況下，很多人鋌而走險，作姦犯科，即使滿足了感官的享受，時日一久，五色迷目，眼花撩亂；五音亂耳，聽失其聰；五味濁口，失其正嗜；縱情田獵（有如今天的飆車），心神不定，可說是跡近瘋狂了。稀珍之物，貪求無饜，一走上歧途，就是不歸路。「禍莫大於不知足，咎莫大於欲博。」（《老子》第四十六章）真的，唯有知足可以不辱，知止可以不殆啊！

五一、天下多忌諱，而民彌貧；民多利器，國家滋昏；人多伎巧，奇物滋起；法令滋彰，盜賊多有。——《老子》第五十七章

解析：政治家要以道治國，以正治國，萬勿捨本逐末，生事擾民，立法網民，破壞淳樸的善良的風俗。禁忌隱諱一多，下情無由上達。老百姓懼蹈法網，窮於應付，物質精神兩俱貧乏；利己之器，（譬如巧詐權謀）或鋒利的武器（用來殺人越貨）既多，國家便昏昧騷亂，治安就亮起紅燈了。老百姓不務正業，離大道而多小技，機詐百出，邪事百生；執政者在慌亂之下，法網越密，老百姓遂由「免而無恥」至「與汝俱亡」，盜賊就蜂起了。

五二、刑獄之本，所以衛人，非以虐人也。——牛希濟「刑論」

解析：牛希濟認為五代時候的司法弊端甚多，執法者貪財好貨，枉法屈人，獄吏則陰險狠毒，濫施酷刑。儘管他在仕途非常得意，但居於人道主義的立場，不能不作良心的呼籲；立法的用意，在保障百姓的權益，而非迫害百姓，以滿足少數人的私慾。

五三、農夫去草，嘉穀必茂；忠臣鋤姦，王道必清。——《後漢書、范滂傳》

解析：姦邪如莠草，莠草亂苗，是以農夫除惡必盡；姦邪禍國殃民，姑息反受其害，是以忠良鋤奸，政治始能清明。大學是社會的中堅，學生持續靜坐，抗議政府某些不妥的決策，剝削百姓，要權要錢，不以其道。全國同胞，人不分男女老幼，地不分南北東西，業不分士農工商，要齊作獅子吼！

五四、既以為人己愈有，既以與人己愈多。——《老子》第八十一章

解析：《莊子》天下篇稱老聃「無藏也故有餘」，聖人積道德，不積財物，故廣佈恩澤，盡以施人，自己反愈富有。盡量助人，己德愈盛。美國大亨富比逝世，遺命公司員工一律加發一週薪水，曾向公司貸款一萬美元以內者，不必償還，因為他認為「是公司員工造福他，而不是他造福員工。」其言其行實深符老子之道。

五五、閻尹賦政，既名且昶；去苛去辟，動以禮讓。——《古今謠諺、綿竹民為閻憲謠》

解析：東漢末閻憲（字孟度）為四川綿竹令，行仁政，遷蜀郡，百姓感念，作歌謠讚頌他；

政事清明和暢，廢除苛法嚴刑，以禮讓之道教化百姓，路不拾遺，夜不閉戶，真正收風行草偃之效。孔子曾勸執政者以禮讓治國，荀子主張「崇禮」、「降法」雙管齊下，上位者若不帥民以政，而想長治久安，無異緣木求魚，且有後災。

五六、金玉滿堂，莫之能守；富貴而驕，自遺其咎。——《老子》第九章

解析：在太平盛世，滿而不溢，高而不危，可長守富貴，亂世則有喪身敗家的危險。因為多積金玉珍寶，必遭人嫉妒覬覦；亂世之民悖禮違法，富貴者便有危險（珠寶商陳青藏夫婦雖生活儉樸嚴謹，仍遭砍殺焚屍，即為其例），若不知足，驕人招怨，惹禍上身，就「多藏必厚亡」了。

五七、君子救時雖切，亦必相時度力，以致其用。不可，則靜而鎮之，以道訓服。——司空圖《題東漢傳後》

解析：知識份子關心時局，常感有心無力。司空圖生當唐末多事之秋，既不屑同流合污，又無力救國濟民，他的自處之道是：靜而鎮之，不濟時重困，殘壞天下。他這種緘默的態度具有正面積極的意義，拒絕朱全忠「召為禮部尚書」的威迫利誘，絕食而卒，證明他不是懦夫，也不是徒逞匹夫之勇的無知者！

五八、嶢嶢者易缺，皎皎者易污。——《後漢書、黃瓊傳》

解析：有些人徒有虛名，難副其實，若不知謙卑自修，就像尖又高的東西容易折斷，潔白之物容易污染，得意忘形的結果必後患無窮！

五九、千丈之堤，以螻蟻之穴潰；百尺之室，以突隙之煙焚。——《韓非子、喻老篇》

解析：星星之火，可以燎原。長堤往往由於螻蛄螞蟻這些小蟲的洞穴而潰決，高樓也由於煙囪隙縫中的火花而焚毀。慎之於始，察之於細，才可避免大災禍。臺灣的火災時有所聞，水患也屢見不鮮，主其事者豈可輕忽？

六〇、不畏浮雲遮望眼，自緣身在最高層。——王安石《登飛來峰》

解析：登得越高，望得越遠，也看得越清楚。一個人能不畏艱險，自會步步高升；能高瞻遠矚，心胸開闊，自不會被假象所迷惑，而失去清明的心志和正確的判斷力。

六一、世異則事異，事異則備變。——《韓非子、五蠹》

解析：時代一直在變，社會情況也一直日新月異，治國的措施與方法也要因時制宜，否則會成為國家和民族的罪人。無法順應進步的時代潮流，就不該尸位素餐。

六二、力能勝貧，謹能勝禍。——賈思勰《齊民要術序》

解析：人定勝天，不論是個人或國家，勤奮努力，可以化貧弱為富強；謹慎小心，有備則無患。新加坡的財經政策和防禦觀念可資借鑑。

六三、時用則存，不用則亡。——《荀子、賦篇》

解析：熟能生巧。鐵針要常常使用，否則就生鏽了。腦筋和技術常用則愈熟練靈活。梁啟超說：「精神愈用則愈出」，就是這個道理。

六四、乞火不若取燧。——《淮南子》

解析：與其向別人討火，不如自己鑽木取火，或敲打燧石，擊出火來。真的，求人不如求己，自力更生才是上策啊！

六五、兵無常勢，水無常形。——《孫子、虛實篇》

解析：作戰的情況像水流一樣。用兵沒有一成不變的規則，水的流動也沒有固定的方向，唯有因應變化，才能攻無不克，暢通無阻。同樣地，做任何事也不可墨守陳規，方可解決難題。

六六、兩刃相割，利鈍乃知；二論相訂，是非乃見。——《論衡、案書》

解析：真理愈辯愈明，兩把刀子一交鋒，利鈍立判；兩種說法爭論之後，是非對錯就顯現出來了，言論自由之可貴在此，統獨之爭無妨在陽光下公開辯論。

六七、有備則制人，無備則制於人。——《鹽鐵論、險固》

解析：有備無患，無恃敵之不來，恃吾有以待之，祇有提高警覺，能守能攻，可進可退，方能應付一切挑釁，不受制於人。

六八、蠹眾而木折，隙大而牆壞。——《商君書、修權》

解析：樹木不能有蠹蟲，牆不能有裂縫，國家也不能有敗類。有了蛀蟲要消滅，有了縫隙要修補，有敗類也要清除，貪官污吏和枉法屈人的執法者盡除，政府才會贏得百姓的擁護和愛戴。

六九、歲老根彌壯，陽驕葉更陰。——王安石《孤桐》

解析：松柏不凋於歲寒，孤桐愈老，根愈堅壯。一個人年紀愈大，閱歷既豐，見識愈廣，若能虛懷若谷，造福社會，自可贏得大家的敬重，誰敢罵他是「老賊」？

七〇、不以一眚掩大德。——《左傳、僖公三十三年》

解析：做人要心存恕道，論人不宜太苛。千萬別因為某人有一點錯誤或一時的過錯，而抹殺他全部的功勞和成就。寬以待人，才會衷心得到敬愛和擁戴。

七一、一葉蔽目，不見泰山；兩豆塞耳，不聞雷霆。——《鶡冠子、天則》

解析：一個人若被眼前細微的事務所蒙蔽阻塞，目不明，耳不聽，便看得不遠，聽不清楚了。掃除這些障礙，當可看到滿山的清翠。

七二、安得廣廈千萬間，大庇天下寒士俱歡顏。——杜甫《茅屋為秋風所破歌》

解析：有推己及人、拯溺濟世的胸懷，便會注意到社會福利。臺灣的經濟發展大體已到富裕的境地，可是寸土寸金，一屋難求，所以蝸牛族越來越多，為政者應在這方面多用點心，盡點力了。

七三、試玉要燒三日滿，辨材須待七年期。——白居易《放言五首》之三

解析：路遙知馬力，日久見人心。要判定一個人的好壞善惡，必得經過長時間的觀察、試驗，否則玉石不分，豫章莫辨，就看不到真相，無法認清人的真面目了。

七四、人而無信，不知其可。——《論語、為政》

解析：人言為信，無信就不足以為人了，更遑論在社會上立足。言必信，行必果，自能走遍天下，暢通無阻。

七五、公卿有黨排宗澤，惟幄無人用岳飛。——陸游（夜讀范致能攬轡錄、言中原父老見使者多揮涕，感其事作絕句）

解析：君子群而不黨，小人則朋比為奸。南宋偏安一隅，肉食者不知痛改前非，精誠團結，反而結黨營私，妬害賢德，禍國殃民，到最後是陸秀夫背著帝昺投海自盡！

七六、治世不一道，便國不必法古。——《商君書、更法》

解析：禮法若不能因時、因地、因人而制宜，就會變成「惡法」和「吃人的禮教」了。用以治國的典章制度要適應實際需要，所以治理天下的方法切勿執而不化，只要有利於國，不必拘泥古法。禮制是人訂定的，同樣地，也可以人為的力量去改變，因循苟且，是會被時代潮流所淘汰的。

七七、願君學長松，慎勿作桃李。——李白《贈韋侍御黃裳》

解析：英雄造時勢，君子在惡劣的環境中絕不屈服，愈挫愈堅，顯現他光明的德性。桃李軟弱，衹能在陽光下爭艷；長松堅貞，能在霜雪中傲然挺立，不改其志。

七八、與其有樂於身，孰若無憂於其心。——韓愈《送李愿歸盤谷序》

解析：感官的享樂衹在一時，心靈的平靜安寧最可貴，所以說：「平安無事便是福。」

七九、嚶其鳴矣，求其友聲。——《詩經、小雅伐木》

解析：同聲相應，同氣相求，尋找志同道合的伙伴是很自然的一種現象。

八〇、疑行無成，疑事無功。——《商君書、更法篇》

解析：行事要果斷明快，遲疑不決，畏首畏尾，都不足以成事。

八一、新松恨不高千尺，惡竹應須斬萬竿。——杜甫《將赴成都草堂途中有作先寄嚴鄭公》

解析：見善如不及，嫉惡如仇，愛憎要分明，對於堅貞的要加以培植，至於邪惡的則須盡行誅鋤！

八二、同明相照，同類相求。——《史記、伯夷列傳》

解析：同類相親，志趣相投，見解相同的人自然會互相愛慕，聚合在一起。

八三、智者因危而建安，明者矯失而成德。——陸摯《奉天請罷瓊林大盈二庫狀》

解析：人非聖賢，孰能無過？過而能改，終是有德之人；禍福相倚，安危相循，唯有智者能轉危為安，因禍得福。

八四、苦言，藥也；甘言，疾也。——《史記、商君列傳》

解析：良藥苦口，忠言逆耳。奉承阿諛的話不僅不實，而且有害；忠言雖然難以入耳，諍言雖不含蓄，卻於國於己大有助益。

八五、不知戒，後必有。——《荀子、成相篇》

解析：有讀又，再也，重也。知過必改，善莫大焉；若不知警惕，泄泄沓沓，一再犯錯，就自詒伊戚了。

八六、平生莫作皺眉事，世上應無切齒人。——《碾玉觀音》

解析：平生不做虧心事，仰不愧於天，俯不怍於地，心安理得，自然不會招人怨恨憎惡了。

八七、世事紛紛一局棋。——《醒世恆言卷九》

解析：世局多變，紛擾不定，東歐的變化，俄羅斯的改革，其速度之快，故無從預料；國際形勢的詭譎多變，如何發展，則是未定之天啊！

八八、利刀割體痕易合，惡語傷人恨難消。——《增廣昔時賢文》

解析：惡言惡語甚於利刀利刃，利刃割破的傷痕遲早會癒合，惡言惡語傷害他人的心，其怨恨就很難消除了。

八九、九層之臺，起於累土，千里之行，始於足下。——《老子》六十四章

解析：萬丈高樓平地起。崇高的理想，宏遠的事業，有賴於紮實的基礎和不斷的努力，更重要的是要穩健的跨出正確的第一步。

九〇、不塞不流、不止不行。——韓愈《原道》

解析：除舊可以佈新，去腐方能生新。只有先剷除惡的、舊的、落伍的，才能產生善的、新的、進步的。大立之先必須大破。

九一、富由升合起，貧由不算來。——《增廣昔時賢文》

解析：聚沙可以成塔，積少可以成多，升合雖小，日積月累，足以致富；否則花費無度，不會計算，就匱乏貧困了。「大富由天，小富由勤儉」，這句話實有其至裡啊！

九二、力裕而不求逞。——岳飛《良馬對》

解析：好逞易窮，精華內斂，不逞不露，知所節制，用之不可既，測之不可盡，在馬為騏驥，在人為俊傑。

九三、根深不怕風搖動，樹正無愁月影斜。——《增廣昔時賢文》

解析：基礎深厚，自無懼於外力的搖撼打擊；樹幹正直，月影自不會歪斜。往下紮根，立身正道，當可抵擋一切的侵襲和誘惑！

九四、九州生氣恃風雷，萬馬齊瘖究可哀。——龔自珍《己亥雜詩》

解析：世局沉悶，社會籠罩在一片低氣壓中，眾人皆醉，舉世皆濁，眾弦俱寂，祇有讓迅雷風烈般的高音來當暮鼓晨鐘，才可震聾發聵，撥雲見月！

九五、政之所行，在順民心；政之所廢，在逆民心。——《管子》四順

解析：神權時代，上天主宰一切，所以「順天者昌，逆天者亡。」民主時代，人智大開，執政者一切措施須以民意為依歸，方能百廢俱興。

九六、口說不如身逢，耳聞不如目見。——《增廣昔時賢文》

解析：口說無憑，親身體驗最為可貴；耳聞未必可靠，眼見較為可信，蓋身歷其境，目睹事實，不是幻象也。

九七、積實雖微，必動於物；崇虛雖廣，不能移心。——陸機《演連珠》之九

解析：誠實足以感人，虛偽則易使人反感，蓋誠心實意可化敵為友，虛偽不誠則反友為敵。

九八、今日不可救藥之端，惟在人心陷溺，絕無廉恥。——曾國藩《復彭麗生書》

解析：世衰道微，暴行日滋，其故在不知廉恥。廉恥心一失，則貪念生，終至於無所不取，妄作非為，聖人復起，也無法拯溺了。

九九、廉恥，立人之大節，蓋不廉則無所不取，不恥則無所不為。——顧炎武《廉恥》

解析：君子與小人之辨在一有廉恥，一無廉恥。貪者無所不取，無恥者妄作非為，若讓無恥之徒主政或辦學，必枉道速禍，誤盡蒼生！

一〇〇、民之化也，不從其言而從其行。——淮南子《主術訓》

解析：「其身正，不令而行，其身不正，雖令不從。」身教重於言教，一個有德的政府，得到老百姓的擁戴，公權力方能伸張。

一〇一、天下不患無財，患無人以分之。——《管子》六親五法

解析：財所以養民，故可聚不可斂，若富而不均，天下危矣！

一〇二、為善必慎其習，故所居必擇其地。——王安石〈里仁為美〉

解析：「性相近，習相遠」、「居可以移人」，環境是很重要的，「住」已經成為現代人面臨的最重要的一個課題了。

一〇三、業無高卑志當堅，男兒有求安得閒？——張太史《勉子弟歌》

解析：職業無貴賤，要成大事業的人須志向堅定，不懈不怠，黽勉從事。

一〇四、功崇惟志，業廣惟勤。——《尚書、周官篇》

解析：「青雲有路志為梯」，「業精於勤荒於嬉」，欲成大事業者必先立志，然後黽勉以赴。

一〇五、構大廈者先擇匠而後簡材，治國家者先擇佐而後定民。——《意林引物理論》

解析：有道是「鳩工庇材」，構大廈要挑良匠，擇好材；治國也須慎選賢能之士，才能造福百姓。

一〇六、勢利紛華，不近者為潔，近之而不染者尤為潔；智械機巧，不知者為高，知之而不用者為高。——《菜根譚》

解析：去華抱樸，棄知守愚，固是高潔，但紅塵滾滾，濁世滔滔，若無法遠遯，「和其光、同其塵」，出污泥而不染，有智巧而不用，尤為難得。

一〇七、夫欲安其民，則莫若擇守宰；夫欲固其本，則莫若去奢侈。——楊夔《復宮闕後上執政書》

解析：擇人任官，才幹之外，操守尤為重要，因為貪黷無能，不僅禍國，而且殃民；奢侈之風一盛，積重難返，則動搖社會基礎，形成無法挽救之勢。

一〇八、出家如初，成佛有餘。——《增廣昔時賢文》

解析：發願出家，立志救世，其情操固然可貴，但更重要的是須有苦修不變的毅力，果能如此，升天成佛也就不難了。

一〇九、橘踰淮而為枳，此地氣然也。——《周禮、考工記總敘》

解析：遺傳之外，環境對一個人的影響最大了，正像橘樹一樣，到淮北果子的味道就不同了，這是由於水土差異的緣故。

一一〇、隨順善友，如麻中蓬直；親近惡友，如藪中荊曲。——《童子教》

解析：朋友為五倫之一，所以交友不可不慎，益友損友宜分清楚，否則近墨者黑，就易受感染而變壞為惡了。

一一一、辭主乎達，不論繁與簡也。——顧炎武《文章繁簡》

解析：「辭達而已矣」，要言不煩，固是可貴，但最重要的原則在一個「達」字，文章言辭貴乎能達，繁簡則在其次。

一一二、聲和則響清，形正則影直。——傅玄《太子少傅箴》

解析：心為一身之主，心地純正，則立身行事必合道而布邪曲；若存心不正，就蕩檢逾閑了。

一一三、自由侈則侵，侵則爭，爭則群渙，群渙則人道所恃以為存者去。——赫胥黎《制私、嚴復譯》

解析：自私是自由的大敵，為官者有私心，則違法枉法以禍國殃民；百姓貪己爭奪，而成不可救之勢。

一一四、福莫福於少事，禍莫禍於多心。——《菜根譚》

解析：事少無災，清閒寧靜即是福；多心多慮，自尋煩惱便是禍。

一一五、家人有過，不宜暴怒，不宜輕棄。——《菜根譚》

解析：從事教育工作者，最需要具有愛心和耐性。有些教師對學生既有愛心，又有耐性，卻對子女沒有耐性，這是值得深思和警惕的。

一一六、故教養有道，則天無枉生之才；鼓勵有方，則野無鬱抑之士。——孫文〈上李鴻章書〉

解析：中山先生主張「人能盡其才」，他認為育才要得法，不能讓人才投閒置散，但鼓勵要有方，才無遺珠之歎；至於用人要依序遵法，以防止倖進，破壞制度。

一一七、子生而母危，鏹積而盜窺，何喜非憂也；貧可以節用，病可以保身，何憂非喜也。——《菜根譚》

解析：「憂喜聚門，吉凶同域」，達人明白禍福相倚的道理，故能不患得患失而欣戚兩忘，順逆一視，在這樣的心境下，往往轉禍為福，逢凶化吉。

一一八、古之儉也性，今之儉也名。——皮日休《鹿門隱書》

解析：當今社會不僅奢侈成風，浮華為尚，並且爭相作假，充滿虛偽習氣，有刻意假裝節儉，以博取美名的，與古人之生性節儉，實不可同日而語。

一一九、聖人行道而守法，賢人行法而守道，眾人侮道而貨法。——皮日休《鹿門隱書》

解析：聖人有理想，有抱負，謹守法度，行道濟世；賢人行事，一以法為準而不背道；眾人則孳孳為利，枉法違法，輕道侮道。

一二〇、眾人之所助，雖弱必強；眾人之所去，雖大必亡。——文子《上義》

解析：「得民者昌，失民者亡」，專制時代如此，民主時代尤須有民意基礎，觀乎蘇俄、東歐諸國遽變，執政者允宜三思。

一二一、天下無不可變之風俗。——顧炎武《日知錄卷十三、宋世風俗》

解析：「上行下效」，「風行草偃」，風俗之良窳關乎國運之盛衰，握有教化大權的當道，施政豈可不慎！

一二二、思所以危則安矣，思所以亂則治矣，思所以亡則存矣。——《新唐書、魏徵傳》

解析：「人無遠慮，必有近憂」，所以要居安思危，預作準備，所謂「凡事豫則立，不豫則廢」，有憂患意識總是好的。

一二三、威與信並行，德與法相濟。——蘇軾〈張世矩再任鎮戎〉

解析：法、威猶如今之所謂公權力，公權力要伸張，首須為政者品德清高、講信用，不可朝令夕改，或以法綱民，否則就會受到百姓的侮蔑反抗了。

一二四、兩人一般心，有錢堪買金；一人一般心，無錢堪買針。——《增廣昔時賢文》

解析：「二人同心，其利斷金」，只要能同心協力，團結合作，無事不可成；相反的，人各異心，力量彼此抵消，就一事無成了。

一二五、酒是燒身焇焰，色為割肉鋼刀。——馮孟龍《警世通言》

解析：酒是腐腸之藥，色則頭上一把刀，摒棄酒色，正是健身良方。

一二六、富潤屋，德潤身。——《禮記、大學》

解析：很多人居天下之廣居，瓊樓玉宇，極為奢華享受，卻不知在品德修養上增益，難怪社會愈富而治安愈差了。

一二七、要為天下奇男子，須歷人間萬里程。——《東周列國志、三十四回》

解析：「讀萬卷書，行萬里路」，遊歷天下，所以增廣見聞，開闊胸襟。蘇轍說太史公遍歷名山大川，故為文奇氣，的確，奇節瑰行之士決不以坎井斗室自限。

一二八、人只一念貪私，便銷剛為柔，塞智為昏，變恩為慘，染潔為污，壞了一生人品。——《菜根譚》

解析：社會治安越來越惡化，皆由於人心貪得無厭；政風敗壞，也皆因官僚貪求名位財勢。利令智昏，殘暴不仁，要消除「妖孽」，實有賴於「無欲則剛」的「人格者」。

一二九、肝膽相照，斯為心腹之交；意氣不孚，謂之口頭之交。——《幼學瓊林、朋友賓主》

解析：人之相交，貴在能坦誠相見，否則雖相識滿天下，知心終無幾人也。

一三〇、大著肚皮容物；立定腳跟做人。——《弘一大師格言》

解析：寬能容物，窄則無以容人；欲立足社會，須學會做人，而做人要篤實有原則。

一三一、知事少時煩惱少，識人多處是非多。——《增廣昔時賢文》

解析：「人事」是最麻煩的，不識不知，順其自然，自不生是非煩惱。

一三二、隱逸林中無榮辱，道義路上無炎涼。——《菜根譚》

解析：隱者去名利心，自無所謂榮辱；管鮑之交以情相繫，以道相許，自無所謂世態炎涼也。

一三三、池塘積水須防旱，田地深耕足養家。——《增廣昔時賢文》

解析：盈須防溢，富不可驕，「謙受益，滿招損」，就是這個道理。這陣子乾旱、缺水、停電，更應警惕，平時要開源節流，努力耕耘。

一三四、守口如瓶，防禦如城。——周密《癸辛雜識別集下》引鄭富公語

解析：口風要緊，以防洩密而招禍；貪慾最易為非作歹，阻止它就有如守城禦敵，大意不得。

一三五、古之善守天下者，展禮以防之，闡樂以和之，明刑以齊之，修政以固之。——孫樵《潼關甲銘》

解析：執政者能修明內政，教化得宜，刑措皆得其平，老百姓自然安和樂利，否則徒增紛擾不安而已！

一三六、人生荒穢有千載，世上榮枯無百年。——謝枋得《和曹東谷韻》

解析：人世間的榮華富貴不可能長久，唯有美名可留芳百世，永垂不朽，所以宗教家願以身殉道，烈士捨生取義，藝術家以幸福徇名！

一三七、為政之要，惟在得人，用非其才，必難致治。——吳兢《貞觀政要》

解析：當政者不僅要知人，而且要善任，也就是擇人任職要當其才，萬不可用非其長，否則不僅禍國殃民，並毀了這個人。

一三八、繩鋸木斷，水滴石穿，學道者須加力索；水到渠成，瓜熟蒂落，得道者一任天機。——《菜根譚》

解析：學道須用漸修的工夫。孜孜矻矻，日積月累，火候到了，自然頓悟，試看呂洞賓積十萬件善行始成真仙，其理自明。

一三九、閒中不放過，忙處有受用；靜中不落空，動處有受用。——《菜根譚》

解析：「休息是為了走更長遠的路」，所以在閒靜時要未雨綢繆，養精蓄銳，以備來日大用。

一四〇、人知名位為樂，不知無名無位之樂為最真；人知饑寒為憂，不知不饑不寒之憂為更甚。——《菜根譚》

解析：「趙孟能貴之，亦能賤之」，此所以有名位者常有患得患失的煩惱，反不如「無官一身輕」。饑寒貧賤固是可憂，但溫飽縱慾，麻煩痛苦可能就在後頭。

一四一、善為國者，愛民如父母之愛子，兄之愛弟。——《說苑、政理》

解析：社會大亂，其因在少了一個「愛」字。執政者對老百姓缺乏愛心，故禍國以利家，損人以利己；若能視人如己，愛人如同一家人，政治自然上軌道，天下可垂拱而治。

一四二、筍因落籜方成竹，魚為奔波始化龍。——《增廣昔時賢文》

解析：「不經一番寒徹骨，那得梅花撲鼻香」，人要經過磨練，勤奮努力，吸收經驗，才會成功。

一四三、皇天無親，惟德是輔。——《偽古文尚書、惟德之命》

解析：「天道無親，常與善人」，多行仁義，必可化敵為友，否則，多行不義，必自斃也。

一四四、學者如禾如稻，不學者如蒿如草。——《增廣昔時賢文》

解析：人一直在成長，也一直在學習，在這過程中，是否以德行學識為指標，就成為材與不材的決定因素了。

一四五、黍稷非馨，明德惟馨。——《偽古文尚書、君陳》

解析：心香遠比檀香香，一個人進德修業，能自助必得天助，就勝於以物品祭祀鬼神了，因為「恭敬在心，不在虛文」啊！

一四六、為者當務實。——蘇轍《民賦敘》

解析：執政者要腳踏實地，言行一致，千萬不要當陰謀家或騙子。

一四七、美不美，山中水；親不親，故鄉人。——《增廣昔時賢文》

解析：「人不親土親」，故鄉的泥土是最芬芳的，這種對鄉土的認同感，在他鄉或異國時特別強烈。

一四八、安時而處順，哀樂不能入。——《莊子、養生主》

解析：一切貴乎自然，安心適時，處於順應變化之中，心胸舒泰，不受外物影響，哀樂不生，這才是養生之道。

一四九、物極必反，器滿則傾。——蘇安恆《上武后疏》

解析：謙虛受益，驕滿招損，所以為人須謙沖自牧，得意不可再往，方是持盈保泰之道。

一五〇、禍福無門，唯人所召。——《左傳、襄公二十三年》

解析：禍福無定而相倚伏，修心行善，當可轉禍為福；多行不義，自速其禍，智者實不願為，亦不忍為。

一五一、禍患常積於忽微。——歐陽修《伶宮傳序》

解析：「見微知著」，「防微杜漸」，不見不知，不防不杜，等到由微而著，由細而巨，其禍患就無法消弭了。

一五二、古之官人也，以天下為己累，故己憂之；今之官人也，以己為天下累，故人憂之。——皮日休《鹿門隱書》

解析：范仲淹以天下為己任，故先天下之憂而憂；貪官污吏則誤國虧民以自利，以一身為天下累，故成為老百姓的累贅和負擔。

一五三、得忍且忍，得耐且耐，不忍不耐，小事成大。——《增廣昔時賢文》

解析：小不忍則亂大謀，欲成大事者先須學會忍耐，否則容易僨事，麻煩就大了。

一五四、巧詐不如拙誠。——《韓非子、說林》

解析：不誠無物，能精誠，則金石為開。巧詐雖可取利一時，終不如拙誠之可久可遠，蓋其感人也深，入人也巨。

一五五、民族存亡，視乎人事；人事成敗，視乎志氣。——邵元沖《民族正氣文抄序》

解析：志如一舟之舵，不可不有，人活著就是為了爭一口氣，人民有志氣，國家民族自然會興盛，德意志與大和民族都是從廢墟中站起來的。

一五六、深山畢竟藏猛虎，大海終須捺細流。——《增廣昔時賢文》

解析：胸襟開闊，氣量寬弘，包羅萬有，如深山，似大海，猛虎細流，大小不捐，鉅細靡遺，都能兼容並蓄，自是偉人之德與宰相之才了。

一五七、但行刻薄人皆怨，能佈恩施虎亦親。——《醒世恆言五》

解析：夫子之道，忠恕而已，待人寬厚，心存恕道，不僅可廣結善緣，且會化敵為友，澤及禽獸，否則刻薄寡恩，就招仇積怨了。

一五八、任重者，責亦重。——馮夢龍《東周列國志、五十二回》

解析：孔子要正名，法家講循名責實，都是勸人不可尸位素餐或逾越權限的意思。職司重，權位高者，相對地所承擔的責任也愈重。

一五九、人情莫道春光好，只怕秋來有冷時。——《增廣昔時賢文》

解析：人情冷暖就像四季的氣候，寒熱輪替，若沒有心理準備去迎接變化，不如保持一種

「君子之交淡如水」的溫和狀態。

一六〇、自環者謂之私，背私者謂之公。——《韓非子、五蠹》

解析：公私不分，假公濟私或以私害公，是國人最嚴重的弊病，欲救其弊，祇有公私分明了。自營其利者謂之私，虧公以利己是最要不得的。

一六一、人生太閒，則別念竊生；太忙，則真性不現。——《菜根譚》

解析：太閒而無所事事，則妄念暗生，太忙而勞勞碌碌，則真性隱沒，現代人如何安排生活，使有益於身心，並能進德修業，就是最迫切的問題了。

一六二、點燈七層，不如暗處一燈。——《增廣昔時賢文》

解析：「恭敬在心，不在虛文」，燒香點燈，若非出於虔誠的信仰，終有功利貪求之心存於胸中，反不如點燃心燈，誠則有靈，這方是最大的功德。

卷三

現代文學教育與創作

一、前言

臺灣自光復迄今已四十五年，其間寫作人才輩出，文學刊物和書籍如雨後春筍，大量成長，成因故非止一端，但教育的普及實為最主要的原因，其中文學教育居功最偉。

二、文學教育的範疇

筆者以為文學教育當涵蓋下列數項：

（一）家庭教育

（二）自我養成教育

（三）學校教育

（四）社會教育

就家庭教育而言，一個充滿書香，喜愛文學的家庭，是誘導孩子走向文學的最佳環境，在它薰陶浸淫下，孩子得到的不僅是語文的訓練，更是文學興趣的啟發與培養，其重要性實遠勝於學校教育和社會教育。

就自我養成教育而言，孩子除了在家中或學校可以看到許多書刊之外，為了進一步滿足求知慾，而到書店、圖書館去尋找他想讀的書籍，這種努力使其見多識廣，程度自然高出同樣年齡的孩子，姑不論其學業成績如何，祇就語文或文學素養而言，必將成為同學中的佼佼者。

中小學的語文教育雖偏重語文訓練，但在文化的傳播和各種文學體裁的介紹與作品賞析上，還是功不可沒。大多數人語文程度的好壞，文學素養的高低，都在中小學階段奠定了基礎。進入大學之後，若非專攻文學者，則大都自中小學的語文訓練轉而為文化的傳承和文學的鑑賞。

校外的作文補習班、文藝營、文藝函授學校，電臺的廣播劇，電視的文教節目與電視劇的影響，亦至為深遠。

三、現代文學教育與創作

由於經濟的日見富裕，家長知識水平的提高，自然對小孩子的教育日益重視，現代臺灣身為父母者很捨得為孩子買書，其中有一些兒童書刊便是由文學名者改編而成，這是引領孩子進入文學殿堂的第一步。

很多孩子有寫日記的習慣，若經家長正確的指導，當可達到文從字順，條理井然的地步。孩子能正確地多讀、多寫、就有希望產生一些「小作家」了。

現階段的小學生著重五育均衡發展，在音樂、美術、體育方面的表現，較諸已開發國家的同齡孩子決不多讓，同樣地，語文程度表現於寫作上也就可圈可點了。

從國中到高中六年，由於升學的壓力，除了少數求知慾較高，文學興趣較濃的學生外，大部份屈從於制式教育的國文課本，程度雖稍有提高，對文學的興趣却遠不如小學時代，作文大都在升學的八股中打轉。

大一雖有國文，但若沒有得到好老師的教導，大部份學生都把它當營養學分，對文學的鑑賞或寫作就看個人的努力、興趣和機緣了。

中文系的課程在專門科目方面，由於對文學採取較廣義的解釋，所以包括了經、史、子、集和一些較具現代知識的學科。

國學導讀引導學生進入國學之門，是入門學科。

文學概論多以現代的文學觀點談文學的義界、起源、流派、特質、要素、類型、讓學生對文學的內涵和形式有所瞭解。

中國文學史用以敍述數千年的文學活動，並介紹文學作品，是文學理論的依據。

中國哲學史言義理之學，增强文學的思想深度，使作品深刻耐讀。

中國文化史讓學生清楚認識自古以來的文化發展。

詩選、文選、詞選、曲選、小說選、戲劇選是純文學作品欣賞，沈浸涵泳、通曉格律、進而習作，對新文學也有間接的助益。

專家詩、專家詞、專家文可讓學生對名家或大家的作品風格能作較深入的欣賞與研究。

古書如經書是文學的本源，史記、漢書是歷史名著，荀子、韓非子、老子、莊子、呂氏春秋是哲學名著，文心雕龍是中國文學理論最偉大的鉅著，不可不讀。

新文藝科目則包括了現代詩、現代散文、現代小說、現代戲劇，讓學生欣賞新文藝的作品並習作。

文法與修辭二科是寫作和鑑賞的指南。

至於普通科目中的中國通史有助於對歷史的熟悉，哲學概論讓學生有哲學的理念，理則學有助於深刻的思考，心理學可認識人性，讓一個研究文學或有志於創作者，在專門知識外能博古知今，不忘本源，又具備現代知識。

文化大學中文系文藝組則開授文學原理美學、比較文學、散文選讀及習作、小說選讀及習作、作品分析等課，對文學理論和創作都適度的兼顧並重。

從上面這些課程來看，中文系的教學目標大抵在培育教學人才，研究人才和創作人才，三者並不相妨，甚至可以相輔相成，互為影響。

學校中的文藝社團所舉辦的各種活動，譬如學者、作家的演講、詩歌朗誦、編輯採訪等等，都有助於新文學的寫作與推展。

至於文建會和大學合辦的民眾文藝班，耕莘文教院，救國團、鹽份地帶所舉辦的文藝營，都對文風的提倡和寫作技巧的傳授功不可沒。

四、幾點建議

綜上所述，可見現階段的文學教育是進步的，筆者認為尚待改進之處有如下數點：

（一）家長應為孩子慎選讀物，並指導孩子閱讀。

（二）減輕升學壓力，讓中學生有餘暇閱讀課外書籍。

（三）重視人文教育，極力推展各種藝文活動。

（四）加强通識教育，提昇人文素養。

（五）改善各級學校語文師資。

（六）設置駐校作家。

（七）中文系增開文學課程，特別是新文藝科目，譬如新文學史，文藝心理學、文學名著賞析、寫作指導等。

（八）增加習作時數。

（九）各校舉辦文學獎，獎勵並發掘人才。

（十）增辦文藝刊物，提供發表園地。

五、結語

文學教育的任務之一是培養寫作人才，其課程首須提高學生興趣，讓他們的天賦能得到最大的發揮，願意畢生從事寫作，特別是在創作方面，能放手去寫，在學校多學習，到社會上多見識，孜孜矻矻，鍥而不捨，具備了葉横山所説的「才、胆、識、力」四要點，這様才有產生優秀作家的可能。

臺灣文學史的見證人

《臺灣新聞報》西子灣副刊主編鄭春鴻兄囑我撰一短文談葉石濤先生，我與葉老師雖僅有數面之緣，但若作遠距離的「觀照」，或許更可客觀的談他，基於此理，我遂不再推辭。

初識葉老，是在民國六十四年冬，當時我是臺南師專「詩詞研究社」的指導老師，請他來校演講；由於他親切隨和，不講究排場，我就請他與莊金國、許振江、黃樹根等文友到附近開山路吃火鍋和燒酒雞。

葉老甚為健談，由於他見多識廣，博學強記，大家只有聽的份兒，兩個小時下來，我受益頗多，覺得他是臺灣現代文學史的最佳見證人。

其後學校的社團與「振鐸文學獎」陸續請他做過幾次演講和評審，偶而也在一些文藝場合碰到他。去年我和李漢偉君推薦葉老為「南師傑出校友」候選人，經校友會通過，可說是實至而名歸。

以上是我和他認識的一段因緣。

做為一個喜愛文學、研究文學的後輩，覺得葉老不僅是一位有理想、有抱負的作家，也是一位別具隻眼的評論家，更是研究臺灣文學史的開創者，以外他還有幾點值得我們敬佩的地方。

（一）孜孜訖訖的創作精神：他十六歲開始以日文寫作，光復後改用中文，這種奮力不懈的精神實值得大家效法。

（二）廣博的學識：文學之外，葉老最是喜歡音樂，造詣很深，其他如教育、哲學、歷史、經濟、社會、心理學、考古學，也多有涉獵，難怪視野開闊。

（三）嶙峋的風骨：他大半生都在小學教書，從不作金錢上的營求，他反對作家向政府乞憐，以為「作家受苦是理所當然」。

（四）不偏不倚的文學觀：他既注意文化的傳承，又肯定鄉土文學的特殊性，因此邃於舊學，也涵泳新知。

這就是我所認識的葉老。

演講導讀

新月派及其詩人

前言

新月派曾在二、三十年代的詩壇上發生了巨大的影響，本文只在敘述其形成的經過，並評論其成員的作品風格。

「新月派」釋名

民國十四年，一羣自由派文人和一些較開明的銀行家從泰戈爾《新月集》得到靈感，在北平組成「新月社」，原是俱樂部的性質；十七年於上海法國租界環龍路租下環龍別墅四號，籌辦《新月雜誌》，又在望平街開了一家新月書店（後遷至四馬路中市九十五號），胡適、徐志摩、余上沅、聞一多、饒孟侃、潘光旦、梁實秋等人都是社員。

《新月雜誌》創刊於十七年三月，以文藝為主，旁及學術思想、政治評論；十九年改成羅隆基主編，文藝學術的成分漸少，時局評論漸多，不久停刊。

二十年，徐志摩、聞一多、饒孟侃、陳夢家、方瑋德等人創辦《詩刊》，格律詩的影響及於全國。同年九月，陳夢家編《新月詩選》，凡十八家，八十首。

新月派文人在創作方面以詩為主，小說、散文次之，本文專言此派詩人。

新月派詩人的作品風格

本文將新月詩選十八家除去方令孺、俞大綱、沈祖牟三人，而加上俞賡虞凡十六家，簡述其詩風如下：

一、徐志摩：其詩清麗而富熱情個性，抒情詩優於社會詩。

二、邵洵美：風格柔美。

三、聞一多：意象美而有創造性，音律諧婉，辭藻富麗，章節整齊而多變化，想像豐富，蘊含強烈的愛國精神。

四、劉夢葦：清澈幽美。
五、朱大枬：幽晦難解。
六、饒孟侃：澄清如水，格律嚴明。
七、沈從文：句法散文化，樸實無華。
八、余賡虞：淒苦頹廢。
九、林徽音：清幽靈妙。
十、朱湘；風格恬靜，工於長篇敘事詩。
十一、孫大雨：善用西洋格律，結構精美。
十二、方瑋德：輕靈活潑。
十三、卞之琳：平淡中見新奇。
十四、陳夢家：形式美，內容貧乏。
十五、楊子惠：也是形式主義者。
十六、梁鎮：情韻迴盪。

結語

大致言之，新月派試圖建立新詩的格律，在音節、辭藻和字句的均齊方面下了很大的功夫，影響雖大，末流卻多追求形式而忽略了內容，遂招來「豆腐干」和「方塊詩」的惡評，可說是瑕瑜互見了。

我在世界漢學會議

首屆世界漢學論壇暨世界漢學研究會會員代表大會於二〇一七年八月十九日在德國慕尼黑召開，筆者應邀參加，十七日深夜從桃園國際機場直飛荷蘭阿姆·斯特丹，翌日清晨七點左右抵達史基普機場。

在機場等候四個小時，至十一點再轉往杜塞道夫國際機場，不到一小時就抵達了。主辦單位接待組用車將與會學者接往波鴻市維藤大學（Witten University）。

八月十九日九點所有與會人員合影之後由吳漢汀（Martin Woesler）教授主持，維藤大學副校長 Jan Ehlers、會長木齋、德中協會主席 Gregor 致詞，接著是成員代表大會進行會務報告。十點由位靈芝（Wei Lingzhi）代表北京曹雪芹文化發展基金會談「中國漢學」，十點半進行學術演講，並報告財務。

連續兩天每位會員以十分鐘宣讀自己的學術論文，時間非常緊湊，數量幾達百篇。內容涵括經史子集各部以及符瑞、食貨、宗教、翻譯、版本、文體、華語、文法、教育、食譜、印刷、經濟、博物館、民族認同、現代文學、美學、電影、兩岸關係、國際關係乃至最近中國大陸一帶一路政策、對中歐關係的影響，涉及領域廣泛，各有深入的論述。這些會員除臺灣外還涵蓋德、義、西、韓、中、美、瑞士、新加坡、香港等地的學者。

筆者於八月十九日主持分組會議，被推選為理事，臺灣地區以三位為限，當日十九點參與理事會議。

各小組討論在二十日結束，翌日至二十三日則由各分會進行討論。

二十一日上午大家從維藤大學坐遊覽車往慕尼黑（Munich），一路順暢，市區景物整潔有序，摩托車極少，從未呼嘯，亦無油煙。我們的遊覽車不疾不徐穩穩地前行，路側美景盡收眼底。二十三日在瑪利亞廣場看到全身漆成銅色的街頭藝人，還有各式各樣的裝扮者表演著。

這幾天的文化考察之旅在新天鵝堡（Castle New Swanstein），風景宜人，於二十四日賦歸，會員束裝回國。我們一行四人轉往維也納展開音樂之旅。

從慕尼黑到維也納

二〇一七年八月二十四日我們四人從慕尼黑往維也納出發，火車像歐洲其他地區的高鐵極為乾淨舒適。火車在如畫的原野上奔馳著，正午時分在車上用餐，讓我驚異不已，因在餐桌上發現了一隻蒼蠅，為十八日抵德以來所僅見。

當天下午抵達維也納，我們一行四人外出逛街，但見行人稀少，遊客寥寥，遠不如慕尼黑繁榮，音樂之都似已沒落，失去往日的風華，或許與這幾年歐洲經濟蕭條有關。

二十五日前往夢想中的多瑙河一遊，期盼一睹旖旎的河畔風采，結果大失所望，河水混濁，一點也不藍，筆者笑謂同伴「藍色多瑙河已變成黃色多瑙河囉。」上午十一時半下車至候船站轉搭小艇遊河，十分清涼暢快。

二十六日上午六點半即搭車前往薩爾斯堡，九點司機讓遊客下車吃早點，又見餐盤上有隻蒼蠅，此為旅遊十餘日僅見的兩次；一路風光明媚，十二點半至情人橋，但見橋上數千百鑰鎖，原來是愛侶們放置，以示愛情堅貞不變，故又稱心鎖橋。

薩爾斯堡是音樂神童莫札特及指揮大師卡拉揚的出生地，可謂地靈人傑。到處有紀念莫札特的古蹟，並有紀念莫札特的禮品販售，還有莫札特小時候就讀的幼稚園、受洗的教堂，至今猶存，古蹟的維護足見用心。

下午參觀薩爾斯堡大學，見一公廁有如良心商店無人看管，置一小盤，任人放零錢，只有幾個銅板，可見放置者不多，火車站公廁亦須付費，費用不低，卻不乾淨。下午五點四十五分，中途休息，領隊言明十五分後開車，遊客卻姍姍遲回，至六點十七分方再啟程，好像沒有守時的觀念。一路順暢，汽車禮讓行人，即使紅燈已亮，斑馬線上仍有行人，司機必耐心等待，絕不亂按喇叭。

後又參觀聖卡爾教堂、梅爾克修道院，這座宏偉的修道院建於九百多年前。是世界著名遺產，其音樂廳前面廣場有一女二男美麗的石雕。

這裡百姓樂於助人，下午三點五十分經一咖啡屋，走道上的顧客座椅拉開，方便我通過，筆者微笑稱謝。街頭幾無警察，僅於二十七日見到二位，可見治安良好。

又至提耶弗葛拉本月湖覽勝，湖水清澈，小魚優游其中，令人歆羨。

維也納歌劇院是一古雅建築，也是音樂家匯聚的殿堂。票價座席歐元五十，站票十五元。市容乾淨，幾無垃圾，僅見數根菸蒂，環境安靜不喧囂，沒有噪音，只偶聞馬車聲，我們乘興購票，體驗一程。

二十七日下午兩點參觀史蒂芬大教堂，建築宏偉。禮拜堂中有一座管風琴，由一萬七千根音管構成，是世界獨一無二的。門中見二個中東老丐，但未有施捨者，募款者亦無人理會。

超市平日下午八點打烊，周末六點就關門，買不到東西，遠不如臺灣方便。飯店裡、餐廳中全是硬梆梆無味的麵包，不禁想念起臺灣的料理和美食，好不容易在所住飯店附近買到一盒水餃，只有十九個，要價八歐元，又鹹又難吃。另一家中國餐館一小盒便賣七歐元，幾難吞嚥，只好移樽就食於兩位茹素的同伴，第一次發現泡飯和泡麵比歐洲食物好吃，倏興「不如歸去」之感。

至商店購物，小姐們對服飾、廚具、化妝品很感興趣，流連不捨，另一男伴則到門口拚命抽菸。我不懂德文，極少購書，只買了一些小紀念品，準備送給親友。乘興而來，盡興而歸。結帳時發現斯天須加付八歐元「城市稅」，頗感新奇。

二十八日一行人搭計程車直奔維也納機場，逛免稅商場至候機室，左側盡是洗手間，但都不大。

下午三點十五分起飛，往阿姆斯特丹，人在機上，機在雲間，俯視但見綠野、翠樹、房舍、黃土、藍水，美景如畫。於三點五十二分抵達。

阿姆斯特丹飛往臺灣的班機於二十一點起飛，空服員雖較長榮、華航年紀大，但親切和氣，能力、服務俱佳，並非虛有其表。

長夜已盡，艷陽高照，回到桃園國際機場已快下午三點了。

附錄

中華民國名人錄——龔顯宗先生

龔顯宗，字敬之，筆名恭敬、龍光，臺灣省嘉義縣人，民國三十二年九月二十三日生。國家文學博士。曾任臺南師專講師、副教授、高雄師範學院、中興大學、靜宜文理學院副教授。現任臺南師範學校教授、兼話文教育系主任。著有詩集《榴紅的五月》（立志書局，五十八年五月出版）。評論集《謝茂秦之生平及其文學觀》（碩士論文）、《明七子派詩文及論評之研究》（博士論文）、《廿卅年代新詩論集》（鳳凰城出版社，七十一年八月）、《談新論舊》（鳳凰城出版社，七十二年九月）、《詩話初探》（鳳凰城出版社，七十三年九月）、《詩話續探》（復文書局，七十四年五月）、《明洪建二朝文學理論研究》（華正書局，七十五年六月）、《明初越派文學批評研究》（文史哲出版社，七十七年七月）、《歷朝詩話析探》（學生書局，七十八年十二月）、《現代文學研究論集》（學生書局，七十八年十二月）。

十六歲開始寫詩，第一首詩發表於文壇月刊，是中華民國新詩學會會員，華岡詩社首任會長，「笠」詩社同仁，並創辦「主流」詩社，亦是「中華民國民間文學會」發起人。曾在臺南中正圖書館擔任「老子講座」、「莊子講座」主講人，並在文建會南區文藝創作研習班，主講現代詩與現代小說。父丕芳，已退休，母林氏名冊，妻黃玉燕，任教職，女龔韻蘅，子龔詩堯，執教於臺南大學、高雄師大。

臺南作家作品集全書目

● 第一輯

1 我們	·黃吉川 著	100.12	180元
2 莫有無——心情三印一	·白　聆 著	100.12	180元
3 英雄淚——周定邦布袋戲劇本集	·周定邦 著	100.12	240元
4 春日地圖	·陳金順 著	100.12	180元
5 葉笛及其現代詩研究	·郭倍甄 著	100.12	250元
6 府城詩篇	·林宗源 著	100.12	180元
7 走揣臺灣的記持	·藍淑貞 著	100.12	180元

● 第二輯

8 趙雲文選	·趙雲 著·陳昌明 主編	102.03	250元
9 人猿之死——林佛兒短篇小說選	·林佛兒 著	102.03	300元
10 詩歌聲裡	·胡民祥 著	102.03	250元
11 白髮記	·陳正雄 著	102.03	200元
12 南鵲是我，我是南鵲	·謝孟宗 著	102.03	200元
13 周嘯虹短篇小說選	·周嘯虹 著	102.03	200元
14 紫夢春迴雪蝶醉	·柯勃臣 著	102.03	220元
15 鹽分地帶文藝營研究	·康詠琪 著	102.03	300元

● 第三輯

16 許地山作品選	·許地山 著·陳萬益 編著	103.02	250元
17 漁父編年詩文集	·王三慶 著	103.02	250元
18 烏腳病庄	·楊青矗 著	103.02	250元
19 渡鳥——黃文博臺語詩集 1	·黃文博 著	103.02	300元
20 噍吧哖兒女	·楊寶山 著	103.02	250元
21 如果·曾經	·林娟娟 著	103.02	200元
22 對邊緣到多元中心：台語文學 ê 主體建構	·方耀乾 著	103.02	300元
23 遠方的回聲	·李昭鈴 著	103.02	200元

● 第四輯

24 臺南作家評論選集	·廖淑芳 主編	104.03	280元
25 何瑞雄詩選	·何瑞雄 著	104.03	250元
26 足跡	·李鑫益 著	104.03	220元
27 爺爺與孫子	·丘榮襄 著	104.03	220元
28 笑指白雲去來	·陳丁林 著	104.03	220元
29 網內夢外——臺語詩集	·藍淑貞 著	104.03	200元

● 第五輯

30 自己做陀螺——薛林詩選	·薛林 著·龔華 主編	105.04	300元
31 舊府城·新傳講——歷史都心文化園區傳講人之訪談札記	·蔡蕙如 著	105.04	250元

32 戰後臺灣詩史「反抗敘事」的建構	・陳瀅州著	105.04	350 元
33 對戲，入戲	・陳崇民著	105.04	250 元

● 第六輯

34 漂泊的民族——王育德選集	・王育德原著・呂美親 編譯	106.02	380 元
35 洪鐵濤文集	・洪鐵濤原著・陳曉怡 編	106.02	300 元
36 袖海集	・吳榮富 著	106.02	320 元
37 黑盒本事	・林信宏 著	106.02	250 元
38 愛河夜遊想當年	・許正勳 著	106.02	250 元
39 臺灣母語文學：少數文學史書寫理論	・方耀乾 著	106.02	300 元

● 第七輯

40 府城今昔	・龔顯宗 著	106.12	300 元
41 臺灣鄉土傳奇 二集	・黃勁連 編著	106.12	300 元
42 眠夢南瀛	・陳正雄 著	106.12	250 元
43 記憶的盒子	・周梅春 著	106.12	250 元
44 阿立祖回家	・楊寶山 著	106.12	250 元
45 顏色	・邱致清 著	106.12	250 元
46 築劇	・陸昕慈 著	106.12	300 元
47 夜空恬靜一流星 台語文學評論	・陳金順 著	106.12	300 元

● 第八輯

48 太陽旗下的小子	・林清文 著	108.11	380 元
49 落花時節——葉笛詩文集	・葉笛 著 ・葉蓁蓁 葉瓊霞編	108.11	360 元
50 許達然散文集	・許達然 著 莊永清 編	108.11	420 元
51 陳玉珠的童話花園	・陳玉珠 著	108.11	300 元
52 和風 人隨行	・陳志良 著	108.11	320 元
53 臺南映像	・謝振宗 著	108.11	360 元
54 【籤詩現代版】天光雲影	・林柏維 著	108.11	300 元

● 第九輯

55 黃靈芝小說選（上冊）	・黃靈芝 原著・阮文雅 編譯	109.11	300 元
56 黃靈芝小說選（下冊）	・黃靈芝 原著・阮文雅 編譯	109.11	300 元
57 自畫像	・劉耿一 著・曾雅雲 編	109.11	280 元
58 素涅集	・吳東晟 著	109.11	350 元
59 追尋府城	・蕭文 著	109.11	250 元
60 台江大海翁	・黃徙 著	109.11	280 元
61 南國囡仔	・林益彰 著	109.11	260 元
62 火種	・吳嘉芬 著	109.11	220 元
63 臺灣地方文學獎考察——以南瀛文學獎為主要觀察對象	・葉姿吟 著	109.11	220 元

● 第十輯			
64 素朴の心	·張良澤 著	110.05	320 元
65 電波聲外文思漾——黃鑑村（青釗）文學作品暨研究集	·顧振輝	110.05	450 元
66 記持開始食餌	·柯柏榮 著	110.05	380 元
67 月落胭脂巷	·小城綾子（連鈺慧）著	110.05	320 元
68 亂世英雄傾國淚	·陳崇民 著	110.05	420 元
● 第十一輯			
69 儷朋／聆月詩集	·陳進雄·吳素娥 著	110.12	200 元
70 光陰走過的南方	·辛金順 著	110.12	300 元
71 流離人生	·楊寶山 著	110.12	350 元
72 臺灣勸世四句聯一好話一牛車	·林仙化 著	110.12	300 元
73 臺南囝仔	·陳榕笙 著	110.12	250 元
● 第十二輯			
74 李步雲漢詩選集	·李步雲 著·王雅儀 編	111.12	320 元
75 停雲——粟耘散文選	·粟耘 著·謝顓 編選	111.12	360 元
76 解剖一隻埃及斑蚊	·王羅蜜多 著	111.12	220 元
77 木麻黃公路	·方秋停 著	111.12	250 元
78 竊笑的憤怒鳥	·郭桂玲 著	111.12	220 元
● 第十三輯			
79 拈花對天窗一龔顯榮詩集	·龔顯榮 著·李若鶯 編	112.10	250 元
80 我在；我在鹽鄉種田	·林仙龍 著	112.10	360 元
81 向文字深邃處摘星——華語文學評論集	·顏銘俊 著	112.10	300 元
82 記述府城：水交社	·蕭　文 著	112.10	280 元
83 往事一幕一幕	·許正勳 著	112.10	280 元
84 南國夢獸	·林益彰 著	112.10	360 元
● 第十四輯			
85 拾遺集	·龔顯宗 著	114.08	250 元
86 每個晨讀都是簡樸的邀請	·蔡錦德 著	114.08	300 元
87 毋 - 捌 --ê	·陳正雄 著	114.08	250 元
88 再來一杯米酒	·鄭清和 著	114.08	350 元
89 司馬遷凝目注視	·周志仁 著	114.08	300 元
90 拾萃	·陸昕慈 著	114.08	350 元

臺南作家作品集 85（第 14 輯）01　拾遺集

作者　龔顯宗
總監　黃雅玲
督導　林韋旭、林喬彬、方敏華
主編委員　王建國、陳昌明、廖淑芳、田運良、張俐璇
行政編輯　王世宏、李中慧、劉亦慈、鍾尚佑

社長　林宜澐
執行編輯　王威智
封面設計　黃祺芸

出版　臺南市政府文化局
永華市政中心｜ 708201 臺南市安平區永華路二段 6 號 13 樓｜ 06-2991111
新營文化中心｜ 730210 臺南市新營區中正路 23 號 5 樓｜ 06-6324453
網址｜ https://culture.tainan.gov.tw/

蔚藍文化出版股份有限公司
110408 臺北市信義區基隆路 1 段 176 號 5 樓之 1 ｜ 02-22431897
臉書｜ https://www.facebook.com/AZUREPUBLISH/
讀者服務信箱｜ azurebks@gmail.com

總經銷　大和書報圖書股份有限公司
24890 新北市新莊市五工五路 2 號｜ 02-89902588
法律顧問　眾律國際法律事務所
著作權律師　范國華律師
電話｜ 02-27595585
網站｜ www.zoomlaw.net
印刷　世和印製企業有限公司

定價　新臺幣 250 元
初版一刷　2025 年 8 月

ISBN　9786267719190（平裝）
GPN　1011400642 ｜臺南文學叢書 L169 ｜局總號 2025-810

國家圖書館出版品預行編目 (CIP) 資料

拾遺集 / 龔顯宗著 . -- 初版 . -- 臺南市 : 臺南市政府文化局 ; 臺北市 : 蔚藍文化出版股份有限公司 , 2025.08
面；　公分 . -- (臺南作家作品集 . 第 14 輯 ; 85)
ISBN 978-626-7719-19-0(平裝)

863.4　　114008422